JN168405

万年筆インク紙

片岡義男

晶文社

父親はそれを、僕に見せた、わけではなかった。九歳の僕が勝手に見た。休日に自宅にいるときの父親は、いつも衣服のポケットに入れて持ち歩く物をすべて取り出し、自室のデスクの上にひとまとめに置いていた。手を触れることは許されなかったから、僕はときどきそれらを眺めた。

バインダー式の小さな黒い表紙の手帳。ライター。煙草。ハンカチは二枚あった。リグレーのガムはダブル・ミントで、これもパッケージがいつもふたつあった。自分宛てにハワイやアメリカから届いた手紙の束。これには幅の広い輪ゴムがかけてあった。バンドエイド。ヴィックスも冬にはあった。三つに折りたたむと親指の先ほどの大きさになるルーペ。パーカー21という万年筆を最初に見たのは一九四八年のことだ。おそらくそれと揃いで買ったはずのペンシルとともに、デスクの上に出してある父親の持ち物のなかにあった。

季節は五月の終わりだった。梅雨の始まりのような雨の降る日曜日の午後、僕は自宅にいた。晴れていれば、野外のどこかとんでもないところで、遊びに夢中になっていたはずだ。当時の僕は、戦争中にアメリカがしきりに空爆した東京を逃れて、祖父の家のあった岩国にいた。雨の日の日曜日の午後、所在なかった九歳の僕は父親の部屋に入り、デスクの上の物品を眺めた。

パーカー21という万年筆は異彩を放っていた。ふた桁の数字がつくパーカーの万年筆は51が初代で、その普及品モデルが21だった。この21は世界じゅうですさまじく売れた。戦後の日本でGHQの現地雇いの職員をしていた父親にとっては、手に入れるのはたやすいことだったはずだ。

ブルーブラックのインクを入れて、父親は常にパーカー21とペンシルを持ち歩いていた。必要だったからだろう。父親はなにかと言えば文字を書く人だった。かなり優秀なペンマンシップの、きれいな筆記体で書く英文に、パーカー21とブルーブラックのインクはこの上なく調和していた。略語の多い英文だった。たとえば岩国はＩＷＫで横須賀はＹＳＫ、佐世保はＳＳＢだったことを、いまでも僕は覚えている。

ほどよい長さの、おなじくほどよい細さの、くすんだブルーの軸に、金属製のキャップのついた21だった。キャップをはずすとその軸の先端は尖っていた。軸ぜんたいの造形が、なんの無理もないままに、その尖ったペン先へと収斂《しゅうれん》している様子は、飽きることなく観察する幼い視線に、充分に耐えた。軸の先端がペン先の上へ、それに覆いかぶさるように、おなじかたちで重なっていたことから、そのペン先はhooded nibと呼ばれていた。

軸の内部にはインクが満ちているから、キャップをはずしてペン先を軽く紙の上に当て、文字を書くように動かすなら、軸のなかのインクはペン先をへて紙の上へと誘導され、文字を書く指先の動きはそのままインクによって紙の上で文字になる、というような父親の説明によって、パーカー21のメカニズムを僕はただちに理解した。

21を僕に見せて構造や機能を説明するだけではなく、父親は幼い僕に試し書きをさせてくれた。これは父親が僕にほどこした教育の一端だ。どこの家庭でもその子供は教育を受ける。どの教育も独特だ。僕が受けた教育は僕のアイデンティティであり、いまこうして振り返ってみると、受けた教育はどの部分もきわめて小説的であることに気づく。

パーカー21の造形は、当時のアメリカですでに流行していた、宇宙ロケット風味の流線型だった。ペン先のほぼぜんたいが露出していたそれまでの万年筆の造形とは、一線が画された雰囲気を獲得していた。父親に許されて僕が試し書きをしたのは、『ライフ』のような雑誌の余白か、あるいは、父親宛てに届いた手紙の、横長の封筒の裏だった。パーカー21の書きやすさに九歳の僕は驚嘆した。筆記体の英文字はことのほか書きやすかった。

ブルーブラックという名のついた色のインクの入ったガラス瓶も父親は見せてくれた。書いた当座は深みのあるブルーだが、紙の上で酸化されることによって、その色は黒へと近づいていくことからブルーブラックと呼ばれている、ということだった。

パーカー21は一九四八年から一九六五年まで製造されて一般に市販された。二十代になった僕が、買おうと思うなら簡単に買えたはずだが、僕は買わなかった。父親に見せてもらった九歳のとき、この万年筆を自分も欲しい、とは思わなかったことの、ごく当たり前の延長として、買わなかった。万年筆の必要もなかった。

一九五六年からパーカー21はパーカー21スーパーという呼び名となり、この頃からキャップのクリップが矢羽根になった。この矢羽根のクリップのついたキャップだけを安くに手に入れ、ジャケットの胸ポケットに差して得意げに街を歩くのが、一九五〇年代後半の東京で、一年あるいは二年というごく短い期間、若い男性のあいだに流行したことがあった。

ふた桁の数字をつけたパーカーの万年筆は51が最初で、発売されたのは一九四八年だったという。おなじ年に普及モデルの21が出て、そこから45、61、75などが発売された。75はパーカーの75周年記念モデルでもあった。一九六〇年代にはどのモデルも、東京だけではなく日本の各地で、買うことが出来た。軸が銀製のクロスハッチになった75は、当時の僕よりも年長の、会社で要職につきつつあった男性のほとんどが、持っていた。

八〇年代なかばまで製造された61はキャピラリー・ペンとも呼ばれた。毛細管式の吸入器が軸のなかにあり、そこにインクを満たしたからだ。軸をはずし、吸入器を瓶のなかのインクに直接に入れて、インクを毛細管に吸入させる、という愉快なシステムだった。

一九六五年にはVPというモデルが市販された。VPはvery personalの略だ。これを手に入れるどの人にとっても、それがたいそうパーソナルであるなら、VPと名をつけた万年筆の選択肢は可能なかぎり多くないといけないのだ、などと考えたのが半世紀以上も前のことだ。VPのペン先の角度は、好みに応じて自由に変えることが出来た。ペン先そのものには、用途に合わせて二十八種類もあった。数字ふた桁のパーカーでは、どのモデルでも軸の色やキャップのデザインなど、ヴァリエーションはじつに多く、コレクターにとってはいまでも魅力的な世界であるようだ。

パーカー21の構造を説明し、試し書きをさせてくれたとき、父親はfountain penという言葉を使ったはずだ。その言葉の意味も僕は即座に理解した。泉のペンの、最新の現物見本を僕は手にしていた。理解しないほうがどうかしている。泉はインクだ。それはなんらかの機構を持った軸のなかにあり、キャップをはずしてペン先を紙の上に滑らせるなら、インクがあるかぎり、書きたいときにはいつでも、泉のインクによって文字が書ける。

Fountain penの視点は泉、つまりインクにある。泉が軸の内部に収まるまで、羽根ペンにせよガラス・ペンにせよ、インクはペンとは別の、インク壺のなかにあった。ペン先をインクにひたしてはそこにインクをつけ、文字を書いていた。携帯用はあったとしても、ペンとインク壺は別々に存在した。そのインクがペンの軸のなかに入ったのだ。これは画期的な出来事だった。インクを自らの軸のなかに、汲めども尽きない泉のように持つペンの登場だ。Fountain penという言葉にそれは充分に値した。

Fountain penという言葉を受けとめて、その意味するところを具体的にその場で僕が理解したとき、万年筆という日本語はすでに知っていただろうか。万年筆は父親のパーカー21を別にすると、身辺にはなかった。日常的に万年筆を使う人もいなかった。そのことの当然の延長として、万年筆という言葉は知らなかったはずだと思うことに無理はないけれど、マンネンヒツという音声だけは知っていた、と思うことにも無理はない。しかし、マンネンヒツという音声を、マンネンとヒツの合体したものとして理解していたかどうか。

父親からfountain penという言葉を聞かされる以前、『ライフ』のような雑誌に掲載されていた広告のなかに、fountain penそしてそれを使う人を、僕は見ていたはずだ。使っている人を具体的に見たこともあった。たとえば基地の読書室のテーブルで手紙を書いていた、若いオキュペーションGIつまり占領米兵が手にしているあの筆記具がfountain penであることは、知っていた。ただしそれを、万年筆としては理解していなかったかもしれない。

Fountain penという言葉を、実物を手にしながら父親から聞いたとき、僕の幼い頭のなかでfountainと万年が結びつき、その結果として万年筆の理解が一瞬にして整った、というとらえかたには小説的な魅力がある。涌き出て尽きることのない泉は、万年もの長いあいだ枯れることはない、という理解だ。

いますぐここで、あるいは時間をかけた熟慮の果てに、自分の手で書く文字による文章というものに対する期待の高さを、泉にも万年にも僕は感じる。Fountain pen そして万年筆という言葉から感じて僕が受けとめるのは、いつまでもインクのなくならないペンあるいは筆ではなく、書きたいことをいつでも好きなだけ書くことによって生み出されるなんらかの価値とその実現への期待、というものだ。

Fountain pen よりも何年か先に、僕には pencil があった。ここでの文脈では、日本語で鉛筆と呼ばれているものだ。片方に pencil があり、もういっぽうには鉛筆があった。まず pencil について書こう。Pencil も父親を経由して知っただろうか。違うような気がする。日常のきわめてなにげない成りゆきのなかで、あるときふと、かなり早い時期に、知ったような気がする。Pencil の実物を見ながらだった、と思っていいか。

木材による六角形の軸は、ほどよく細くてちょうどいい長さという絶妙な出来ばえで、色は黄色だった。その軸のいちばんうしろには、金属の止めがねによって消しゴムが取りつけてあった。あの消しゴムの色をなに色と呼べばいいのか、いまだに僕にはわからない。消えるような消えないような、不思議な消しゴムでもあった。

六角形の軸のなかには芯が入っていた。軸はふたつの木材を合わせて貼りつけたものだった。そしてそのなかには芯があった。貼りつけるふたつの木材のどちらにも、芯を納めるための丸みのついた溝が作ってあった。木材を先端から削って芯を出し、その芯をほどよく尖らせれば、その突端で紙の上に文字を書くことが出来た。Pencilを知るとは、このような基本的な構造を、実物を見たとたん、おそらく一瞬にして理解することだった。

もっとも一般的だと言われていた硬さの芯は#2と呼ばれていて、これが一本あればあとはなんの問題もなかった。あるとすれば、削ることが前提になっている事実だけだった。そしてそのことは、鉛筆にも完全に共通していた。

ただし鉛筆は黄色ではなかった。深い、あるいはくすんだ、妙な緑色をしたものが多かった、という記憶がある。消しゴムはついていなかった。鉛筆の木材は削りにくかった。芯は硬く、字は書きにくかった。削るナイフの刃に引っかかかって、芯ぜんたいが出て来ることもあった。芯はしばしば折れた。鉛筆を両手で持ち、木材の途中のどこかでなかの芯を折る、という遊びがあった。なかで芯が折れるとき、折れたことを知らせる小さな音がするのだ。貼り合わせてあるふたつの木材がはがれることもあった。鉛筆というものの核心が、あらわになる瞬間だった。はがれたふたつの木材を、何箇所か糸でしばって使っていた、小学校低学年の女のこは、存命ならいま七十いくつかだ。

Pencilも鉛筆も、小さなナイフで削った。削れば確かに芯はあらわれるのだが、木材は削り落とされてしまう。紙の上で削ったりすると、削り終える頃には、削られた木材の小さな断片が、あとは捨てられるだけという寄る辺なさで、そこにあった。削って出来たいくつもの断片を、ほとんど反射的に、誰もが捨てていた。

削ったのはこの自分だ。その自分は、いったいなにをしたのか。芯を出した。なんのために。字を書くためにだ。自分が字さえ書かなければ、削る必要はない。鉛筆もpencilも、削られないままに保たれるではないか。だったら削らないでいよう。字は書かなければそれでいいのだから。

鉛筆を削っていくときの、削られた木材の、いくつもの小さな断片を受ける容器がある。三十年ほど前から僕はおなじものを使っている。食料品あるいは調理ずみの食品の、ドイツ製の保存容器だ。いろんなかたちとサイズがある。用途に応じて、ということだろう。僕が使ってきたのは、いちばん外側で計って直径は137ミリ、高さは46ミリほどの、ぜんたいが薄い緑色のガラス製だ。おなじガラスの丸い蓋がある。本体に作ってある段差のなかに、この蓋の縁がはまる。そのときの感触がじつに好ましい。一九〇〇年から作っているという。これがひとつ三百七十円だ。

削るにつれて、木材の断片が、ガラス容器の底へ落ちていく。一本だけ削ると、断片の数はさほどではない。何回も削ったその断片がガラス容器のなかで半分ほどにもなると、それはしばし眺めるに値する光景となっている。これはいったいなにか、と僕はひとり問う。

鉛筆の、削り滓《かす》、と呼ばれている。なにの、滓なのか。鉛筆をかたちづくっている木材の削り滓なのだ。経過した時間のなかで何回も削り、削られた断片はガラス容器の深さのなかばに達した。自分は、滓になってはいないのか。削って出した芯で、なにを書いたのか。書いた文字は、そしてそのもとになった思考は、この削り滓に充分に匹敵するものなのか。

Fountain pen と pencil に続いて ball-point についても書いておこう。日本語ではボールペンだが、ここではボールポイントと表記することにしよう。パーカー21とおなじ頃、父親は僕にボールポイントも見せてくれた。パーカー21とどこか似たところのある、ほどよく細くてほどよく短い、棒状の器具だった。

ボールポイントが最初に発想されてかたちになるまでの経緯が、『万年筆国産化一〇〇年』(桐山勝、三五館、二〇一一年)に記述されている。顚末をここで僕が手短に再話しておこう。

最初にボールポイントを発想したのは、ラディスラオ・ビロというハンガリーの人だった。第一次大戦後にハンガリーに戻り、雑誌の校正係をしながら、化学者だった兄と協力して、ボールポイントの原型とも言うべきものを、開発した。発想の最初のきっかけは、新聞を印刷するときに使われていた速乾性の高いインクだった。

一九三九年にナチスを逃れてハンガリーからパリへ、そしてそこからさらにブエノスアイレスまで移りながらも、ボールポイントの開発は続けられた。僕が生まれた年の出来事だ。僕が東京の目白に単なる赤子でいたとき、パリやブエノスアイレスでは、ひとりのハンガリーの男性によって、ボールポイントの開発がおこなわれていたとは。

完成した、と言っていい段階にやがて到達したビロは、ボールポイントの特許を、当時のアメリカで盛んに万年筆を製造していた、シェーファー、パーカー、エヴァシャープの三者に、競合して取得するよう働きかけた。特許はエヴァシャープが獲得した。アメリカの空軍では、高度の上空で高速飛行してもインクの漏れない筆記具が、真剣に求められていた。この要求に応えることの出来るものとして、ビロのボールポイントの構造は高く評価されたようだ。

エヴァシャープが作ったボールポイントは、一九四四年の四月にブエノスアイレスで試験的に発売された。アメリカから仕事で来ていたミルトン・レイノルズという人物がこのボールポイントを購入し、コピー製品をアメリカで作ってレイノルズ・ペンと命名し、おなじ年の十月、ニューヨークのギンベルズという百貨店で、一本が十二ドル五十セントの値段で売り出した。一週間で二万五千本が売れたという。レイノルズはこのボールポイントの宣伝のために日本へも来たという。

レイノルズがブエノスアイレスでビロのボールポイントを購入してから、そのコピーとインクとを作り、ギンベルズで発売するまで、わずか六か月だ。先端のボールとソケット、そしてインクは、どのようにして生産したのか。ボールポイントのような簡便でなおかつ確実な筆記具への需要が、すさまじいまでの量で存在したことは確かだ。

そのことは日本でもおなじだった。一九五四年から一九六六年までセーラー万年筆の社長を務めた中島四郎の残した記録を遺族がまとめた私家版『人間家族』に、次のような記述があるそうだ。『万年筆国産化一〇〇年』から引用する。

終戦直後、米軍が呉に進駐してきて、生まれて初めてボールペンなるものを見せられて一驚した。当時、すべてが米国一辺倒であり、米国製の商品がすべて珍しかった時代、特に日本では今まで想像もしなかった筆記用具にいっぺんに魅せられ、ボールペンの研究に拍車をかけた。

戦後の日本でボールポイントの生産に最初に成功したのはセーラー万年筆だった。製品が初めて店頭にならんだのは、一九四八年二月九日、東京の三越日本橋本店だった。初日に五百本売れたそうだ。

話題は話題を呼び、本社工場のある呉市郊外の大屋村（当時）にはリュックサックと現金をしこたま持った人びとが押し寄せた。二軒の小さな田舎旅館は連日大入り満員になった。（『万年筆国産化一〇〇年』）

父親から現物を手渡されながら、ボールポイントというひと言を受けとめたとき、ボールポイントの構造と機能を、僕はただちに理解した。ボールポイントという言葉ひとつによって、その基本的な構造と機能はすべて言いあらわされていたのだから。

美しい色の確か樹脂製だった軸の先端に、金属製の光る小さな三角錐があり、その三角錐の突端つまりソケットに、ごく小さな金属の球体が一個、はずれて落ちないけれどもインクをからめながら自由にどの角度にも回転するという、精密な加工ではめ込まれていた。

軸のなかにはインクの満ちた芯があり、ソケットのなかの小さな金属ボールを紙に軽く押しつけて文字を書くと、小さな金属ボールはソケットという保持機構のなかで回転し、その回転によって、芯のなかにある最適度な粘性を持ったインクが、金属ボールぜんたいでからめ取られては紙の上に移されていく、という一連のメカニズムが円滑に作動すると、一本のボールポイントという筆記具が、そこにめでたく成立した。精密度や材料の質は、僕が子供だった頃にくらべると、現在のボールポイントは飛躍的に向上している。しかし、いま僕が書いたような基本的な構想と機能は、なんら変化していない。

軸の先端にある金属の三角錐のなかから、小さな一個の球体を取りはずしてみよう、と思ったときの僕は、十歳にはなっていただろうか。日本製のボールポイントが、そこにあって当然のものとして、ごく普通の人たちの日常生活のなかに、すでに出まわっていた。

道具は一丁の古いペンチしかなかった。だからそのペンチで三角錐をくわえ、子供の僕は力を込めた。ペンチで三角錐を割ればいいだけではないか、と子供の僕は思った。三角錐はなかなか割れなかった。子供の力は弱かったのか。三角錐をくわえたペンチの先を金槌で叩いたら、何度目かに三角錐は割れた。割れた三角錐の先端から、ボールポイントのボールを一個、僕は指先につかまえた。指先はインクまみれとなり、そのインクはなかなか落ちなかったが、僕の指先には、金属の小さなボールが一個、確かにあった。

そのボールの直径は0・5ミリほどではなかったか。指先に持つ、という表現が当てはまらないほどに、その光る球体は小さかった。なんと言えばいいか。指先にとまらせる、とでも言えば、あのときのあの感触の、十分の一ほどは伝わるだろうか。インクで覆われた僕の指先で、その球体は輝いていた。磨き上げたような輝きのある、真球にかぎりなく近い状態の出来ばえでなければ、三角錐の先端のソケットに保持されたまま、落ちることなく回転を続けるというような芸当は、出来っこないのだ。粘性のあるインクに覆われた指先で輝く、小さくて精密な金属の球体を観察しながら、以上のようなボールポイント理解が十歳の僕をつらぬいたのを、いまでも鮮明に記憶している。

鉛筆が削られるのは、芯を出してそれで字を書くためだ。字は誰が書くのか。その鉛筆が僕のものであれば、字は僕が書くのか。では僕が字を書かなければ、鉛筆は削られることなく、そのままの姿でいることが出来る。だから僕は鉛筆を削らない、なぜなら字を書かないから。

という次第で鉛筆は削られないままにあり、僕によって字は書かれないままとなった。小学生の日々には特に、さまざまな用事で僕は多忙だったから、学校へいってる暇がなかった。しばらく学校へいかずにいると、学校へいかない、という状態はたいそう良いものであり、したがって学校へはいかない日々が連続することとなった。学校へいったのは、小学校六年間のせいぜい三分の一ではなかったか。小学校で教えられるさまざまなことのかなりの部分を、僕はいまだに知らない。学校へいかずにいると、出席簿から名前が消えたりした。たまに学校へいくと、きみは転校生か、と先生が訊ねることもあった。はい、そうです、と返事だけはいいから、事態は複雑になったりもした。

当時の小学校には習字という科目があった。習字のための白くて薄い紙。緑色で白い線の引いてある下敷き。お手本の教科書。硯。墨。筆を何本か。その筆を巻き込んで紐をかけておく、小さな簾《すだれ》のようなもの。というような物品一式を、小学生は習字のために持たされた。

この習字の授業に二回は出ただろうか。不思議な体験だった。儀式の式次第を教わった、という印象がいまも残っている。母親は筆で字を書くのが好きで、筆や硯そして墨などを自慢していた。自分が書く字も自慢だったようだ。筆による自分の字を人に見せたい気持ちがときどき起きたようだ。まったく興味のない僕にも見せた。

「字い書くの教せえたるさかい、早ようここへ来てすわりなはれ」という命令を僕に下したことが一度だけあった。字、ではなかった。字い、だった。硯で墨を擦る方法を母親は教えてくれた。小さな長方形をした墨の正しい持ちかた。硯に対して垂直に、円を描くようにまんべんなく墨を動かす。水をためておく窪みが硯の前方にあり、墨を擦りながらときたまここから墨の先端で、水を硯に掻き出すのだった。擦っているとやがて水は墨になった。適度な濃さになったかどうか、判定する方法を母親は教えてくれたような気がするが、記憶からは抜け落ちている。

どの筆を使うか。筆を選び、その筆に墨を含ませる。余分な墨を独特な手つきで硯へと戻す。白い紙に向けてやおら筆先を降ろす。僕の名前のなかのひと文字である義を、何度も書かされた記憶がある。母親による僕に対する習字の授業が終了したときのひと言も、記憶している。「こらあかんわ」と母親は言い、以後一度も、習字はなかった。

まさか、という思いに支えられ、僕はオフィス・デポのカタログのページを繰ってみた。レクリエーション関連、という項目のなかに、それはいまもあった。書道用品だ。「本格的な書道用品一式。イザというときに便利」とうたわれた一式とは、筆が三種類に半紙そして墨滴の入った、ポリエチレン・ポリプロピレンの容器だ。墨滴とは商品名であり、筆につければただちに字を書くことの出来るインクのようなものだ。一式のなかに硯と墨はなかった。習字の儀式のなかでもっとも面白いのは硯で墨を擦ることなのに。「イザというとき」とは、どのようなときなのか。

小学校の六年間を僕は字を書かない子供としてとおした。中学生になってもそれはおなじだった。三年間のうち合計してようやく一年くらいは学校へいっただろうか。よほどのことがないかぎり、義男は今日も手ぶらだね、という通学スタイルだった。

学校へなにも持っていかないのだから、授業を受けているあいだ、机の上にはなにもなかった。見とがめた先生は、「お前、ノートや教科書は、どうしたんだ」と言い、「忘れました」で済むのは二度あるいはせいぜい三度までだった。だから教科書とノートは持っていくことにした。いつもおなじ教科書とノートだった。

鉛筆は持っていなかった。優秀な生徒たちはみな、幅の広いセルロイドの筆箱を持っていて、そのなかには芯を尖らせた鉛筆が何本かに、赤鉛筆、青鉛筆、コンパス、消しゴム、鉛筆を削るための簡便なナイフなどを常に用意していて、尖らせた芯が折れないよう、筆箱の一方の壁には綿《わた》が敷いてある、という準備の周到さだった。

僕が鉛筆も持っていないことを知った先生は、「貸してやれ」と、僕の隣の机の女のこに言い、彼女は嫌そうに、いちばん短い鉛筆を僕に差し出してくれたのだった。しかし、借りた鉛筆で字を書くことはなく、字を書かない子供として僕は中学生の三年間を過ごした。

万年筆は中学の三年間で五本は、自分のものとして持っただろうか。当時の日本には万年筆を作っていた会社がたくさんあった。それぞれに万年筆を作って市販していたが、作り出す万年筆にはおのずから出来ばえの序列があり、僕のような中学生のところにまわって来たのは、その序列の最下位に位置したものだったに違いない、といまの僕は推測する。

景品のようなものとしてもらったか。買ったことはなかったと思う。なんらかの成りゆきで、手に入れたのだ。万年筆が手に入っても、それで字を書くという意思は、持てないままだった。万年筆でなにかを書いてみる、といった自覚などありようもなかった。

しばらく眺めたのち、どの万年筆にもインクを入れてみたことは、いまでも淡く覚えている。インクを入れる方式がどの万年筆もおなじだった。軸の側面に短い溝が彫ってあり、そこに金属製の細いレヴァーが埋まっていた。このレヴァーを爪の先で引き起こし、インク瓶のインクのなかにペンの先をひたし、レヴァーを倒す、引き起こす、ふたたび倒してまた引き起こす、という動作を何度か繰り返すと、軸の内部にある細長いゴムのチューブに、インクが満ちるのだった。細長い金属のプレートを折り曲げたものがゴムのチューブを抱き込んでいて、軸のレヴァーの動きに金属のプレートが連動している、というしかけだった。

インクはしばしば漏れた。軸の接合部からも漏れて、指先がインクにまみれることもあった。このような万年筆でなにかを書いた記憶はまったくない。中学生だった僕の万年筆体験は以上のようであり、高校ではこれがゼロまで下がり、大学生の四年間にも、万年筆の体験はなかった。

その頃の僕が持っていた筆記具は、金属製のキャップをかぶせた二、三本の鉛筆と、片方の隅がほんの少しだけすり減った消しゴムひとつだけだった。消しゴムの角がほんの少しだけすり減っていたのは、書いた字を消すことがめったになく、ということは字を書くこともまた滅多になかったことの、なによりの証拠だ。

西暦七〇二年の項目を岩波書店の『新版 日本史年表』(一九八四年)で見ると、記載は三行だ。いまから一三一四年前は、少なくとも歴史年表のなかでは、三行の記載でこと足りるのか。その三行のなかの一行には「大宝律令を諸国に頒下する」とある。大宝律令はタイホウリツリョウと読む。ダイホウリツリョウでもいいようだ。

この文脈での律令とは、律の部分が六巻、令が十一巻の、古代日本という律令国家にとっての、基本となった法典のことだ。現物は散逸して残っていない。大宝律令のあとに出た養老律令から、内容を推定する他ない。その推定された内容の一部分に、武人は筆記具を携帯しなくてはいけない、という定めがあるという。

武人たちは、律令国家を統治する役割の一部を担っていた。文字や数字を書きとめておく必要が、重要な業務として常にあり、そのために彼らは筆記具をいつも持っていなくてはならなかった。

『万年筆国産化一〇〇年』の「万年筆国産化前夜」から重要な情報を拾い出し、日本における万年筆の始まりまでの物語を、僕が手短に再話する。

中国で紙が最初に作られたのは西暦一〇五年とされている。この紙が中国から朝鮮半島をへて日本に届いたのは、西暦六一〇年だったという。中国から紙が伝わった文明として、日本はもっとも最初だったようだ。エジプトに伝わったのが九六〇年だった。スペインが一一四四年、フランスが一三四八年、そしてドイツに届いたのは一三九〇年となっている。

西暦六一〇年に中国から伝わって来た紙を日本が自分でも作り始めたのは七一〇年のことで、京都の佐保川で紙の流し漉きがおこなわれたという。武人たちが携帯した筆記具は長いあいだ筆と墨だった。毛筆を入れておく細長い筒と、硯で墨を擦って作った黒い水を満たしておく壺を、携帯用にひとつにして紐で腰に下げたのが、矢立《やたて》という道具だった。

江戸時代まで歴史が進むと、盛んになるいっぽうの商業をその根底の部分で支えるものとして、持ち歩く筆と墨つまり矢立は、もはやなくてはならない必需品となっていた。一八二八年には近江八幡の鉄砲鍛冶職人が、御懐中筆《ごかいちゅうふで》というものを考案した。毛筆の軸にうしろから綿を詰め、硯で擦った墨をそこにガラスのスポイトで充塡する、というしかけだった。現在の筆ペンと基本的にはまったくおなじではないか。

この御懐中筆はさらに改良され、自潤筆として大阪で発売された。自はオートマティック、潤はインク・フロー、そして筆はペンだから、じつにそれは、オートマティック・インク・フロー・ペンなのだ。一八八五年（明治十八年）には蓄墨汁針筆というものが特許を取得した。すでにヨーロッパから輸入販売されていたスタイログラフィック・ペンの原理を、毛筆にあてはめたものだ。この蓄墨汁針筆の値段は輸入されていたスタイログラフィック・ペンの三分の一だったという。

当時の日本が輸入していたスタイログラフィック・ペンはアメリカのCawという会社が作っていたもので、日本名は針先泉筆だった。泉つまりファウンテンという言葉が、すでにここで登場しているではないか。「先端部分に針状のものが付いていて、紙に接するとインクが周辺からにじみ出る構造」だったという。軸のなかのインクが出て来るまではわかるとして、そのインクを紙に移す「針」の構造が、どのようになっていたのか。

現在の万年筆と基本的には変わらない構造のものが日本に初めて輸入されたのは、一八九一年(明治二十四年)だったという。スタイログラフィック・ペンを作っていたのとおなじ、アメリカのCaw社のもので、Caw's Dashaway Fountain Penと呼ばれていた。このときすでにファウンテンという言葉は、商品名の一部分として使用されるまでになっていた。

輸入したのは丸善で、ウォーターマン、ペリカン、オノト、スワン、パーカーなどを次々に輸入し、日本に万年筆を定着させるための、ひとつの重要な窓口の役を果たした。ウォーターマンは一八九五年(明治二十八年)、オノトは一九〇七年(明治四十年)に、丸善によって輸入されている。『學鐙』というPR誌を丸善が定期的に刊行したのは、輸入した万年筆を効果的に宣伝する媒体として利用するためだったということだ。

「万年筆が日本で受け入れられたのは、明治維新をきっかけに海外からさまざまな文明や文化が弩涛のごとく日本に押し寄せてきたという、時代背景があったことは否定できない」

と、『万年筆国産化一〇〇年』の著者、桐山勝さんは書いている。

日本における万年筆はかなり早い時期に新しい筆記具として頂点に立った。その頂点をよりいっそう揺るぎないものにしたのは、一八九四年（明治二十七年）から一八九五年（明治二十八年）の日清戦争と、一九〇四年（明治三十七年）から一九〇五年（明治三十八年）にかけての日露戦争だった事実は興味深い。

万年筆は小さくて軽く、携帯に便利でかなりのところまで頑丈な、そして文字を書く状況では、確実性がもっとも高かった。だから万年筆は、戦争にかかわるあらゆる領域で、おそらく最大限の能力を発揮した。

スタイログラフィック・ペンを意味した針先泉筆と区別するために、万年筆という言葉が考え出されたという説を立てたのは、梅田晴夫さんだ。その万年筆という言葉が活字で印刷されたときには、明治の初めから明治四十年あたりまで、マンネンフデ、とルビがふられた。夏目漱石が三人の娘に宛てた一九一〇年（明治四十三年）の手紙のなかに、いまこれを自分は万年筆で書いている、という部分があり、万年筆という漢字には、マンネンフデ、とルビがふってある。日本の筆記具は筆と墨だったのだから、万年筆がマンネンフデと読まれたのはごく当然のことだった。

マンネンフデをマンネンヒツと読ませることをめぐって、重要な役を果たしたのはこの夏目漱石と、彼が気に入って愛用することとなったイギリスのオノトという万年筆を贈った、内田魯庵のふたりだったというきさつも、『万年筆国産化一〇〇年』のなかで読むことが出来る。内田は丸善の社員だった。

公文書は墨で書かなくてはいけない、という規制が一九〇八年（明治四十一年）に撤廃された。万年筆を使ってインクで書いてよい、ということになった。

子供の頃からずっと、そして大学生になってからも、僕は字を書かない人だった。書くための必然のようなものが、どこにもなかったからだ。その僕が、一九六一年、大学三年生の秋の初め、四百字詰めの原稿用紙で三十数枚におよぶ字を書くことになった。『マンハント』というアメリカのミステリー雑誌に、アメリカの作家が英語で書いた短編を、日本語版の『マンハント』に掲載するため、日本語に翻訳する仕事を僕がすることになったからだ。

そのいきさつに関しては、すでに何度か文章を書いた。だからここでは繰り返さないことにする。ただしそのいきさつのぜんたいをいま振り返って点検すると、きわめて小説的であった事実に気づいて驚く。いくつかの出来事が必要にして充分な連鎖をしただけのことだ、とかつてはとらえていたが、そしてそのとらえかたは基本的にはいまもおなじだが、出来事ぜんたいの成り立ちや展開には、それを小説的にせずにはおかないなんらかの力が加わっていた、と思わざるを得ない。僕は一九七四年から小説を書いているけれど、二十一歳の青年を一九六一年の東京に置いて、このような小説を作ることは、もちろんいまも、とうてい出来ない。

アメリカで刊行された『マンハント』という雑誌から、リチャード・デミングという作家の書いた短編のページがちぎり取られ、それがある日、僕に手渡された。その数ページが、僕の翻訳すべき原典だった。出来ることなら早くに、という締め切りに対して、僕はすぐに翻訳にとりかかったと思う。

すでにその年の夏は終わっていたが、まだ秋にはなりきっていない季節だった。雨の一日、僕は自分の部屋で、翻訳原稿の字を書いた。原稿用紙は下北沢南口商店街の中程、駅から歩いて左側にあった文具店で買った。小豆色、という呼び名のふさわしい色で罫線の印刷された、四百字詰めの原稿用紙だった。原稿用紙の使いかたは、半分に折ることも含めて、母親が教えてくれた。

原稿用紙のついでに鉛筆も買ったと思う。２Ｂを買ったか。気持ちに余裕があれば、そうしていたはずだ。余裕はなかっただろう。だから鉛筆は、反射的にＨＢを買った、としておこう。消しゴムは自室の机の引き出しの奥に転がっていた。

午前中に始めて夕食の頃には翻訳は終わっていた。読めばわかることを、自分に可能なかぎりの日本語に転換すればいいのだが、日本語にするにあたっては、原稿用紙の枡目のなかにひとつずつ、文字をHBの鉛筆で書いていかなければならなかった。その文字を、僕は書くことが出来た。消しゴムをどのくらい使ったか、記憶はまったくない。鉛筆で書いていく日本語の文章を、ほとんど訂正しなかったのではなかったか。思いのほか簡単に出来た、と自室でひとり感じたことは、いまも覚えている。

その翻訳原稿は『マンハント』日本語版の編集部の手に渡り、十一月の終わりあるいは十二月の初めに、校正刷りが郵便で僕のところに届いた。生まれて初めて手にした、校正刷り、というものだった。赤鉛筆の短いのが、これも引き出しのなかにあったような気がする。削り直して芯を尖らせ、校正し、郵便で返送した。

一九六二年の二月号にその短編は掲載された。当時の月刊雑誌の慣例として、一九六二年の二月号はひと月前の一月に刊行されたはずだ。校正刷りが届き、すぐにそれを返送した時期は、二月号の刊行時期と整合している。僕にしては珍しいことだ。自分にとって最初の翻訳原稿が活字になったのは、原稿が編集部の手に渡ってからふた月ほどあとだった。これもきわめて順当だったと言っていい。『そっくりそのまま』という日本語の題名がつけられたその短編が掲載されてすぐあとに、神保町の喫茶店で編集長と会う機会があり、僕の翻訳の文章はいかがでしたでしょうか、と訊いてみた。いたるところ修正されるはずで、その箇所があまりに多ければ翻訳は二度と試みずにおこう、と考えていたからだ。よく整ったいい文章ですよ、と編集長は言い、しいて言うなら漢字がやや多いかな、と言った。原稿用紙は二百字詰めを使ってください、とも彼は言った。

このときのこともすでに何度か書いた。ついでにもう一度だけ書いておこう。漢字がやや多いかな、という編集長のひと言を受けとめた瞬間、自分はたったいまから素人ではない書き手になる、と僕は決意した。なんの根拠もないままに、もうじき二十二歳になる青年が勝手にそう思っただけだが、漢字の多い文章を書くのは素人であり、自分はまったくそうではない方向へ向かうのだ、と考えたようだ。

英語のミステリー短編は、読めばわかる、という出来ばえだった。わかったとおりを、そのときの自分に出来る範囲内で日本語で語り直せば、それがそのときの僕にとっての翻訳であり、英語の能力と日本語の能力とが、そこまでの成長のなかで、なぜか均衡していたがゆえに成立した、ほんのちょっとした翻訳、という仕事だった。そのとき持っていた能力を使って、僕は生まれて初めて、仕事をしたのだ。

『マンハント』日本語版の一九六二年二月号はごくたまに古書店に出る。友人が買い求め、僕と会うときには持って来て僕の目の前に差し出し、こんなのを覚えているかい、と言ったりする。特別な感慨はもうないが、『そっくりそのまま』の翻訳のほかに、二ページの連載を始めているのを知ると、これにはかなり驚く。

連載を始めるに足りるだけの関係が、僕と編集部とのあいだにすでに成立していないことには、連載は始めることは出来ない。そしてそのような関係は、なにかといえば喫茶店で対面しては、少しずつ作っていくものであり、時間がかかったはずだ。しかし、そのような時間をそのことに当てた記憶が、いっさいない。驚きはそこから発生している。その頃の僕にとっての、きわめて日常的な時間のほぼぜんたいが、そのような対面に費やされていたのではなかったか、といまの僕は推測する。きわめて日常的であったがゆえに、特別な記憶はないのだ。

ふたつに折った四百字詰めの原稿用紙に、おそらくはHBの鉛筆で、僕はいったい、どのような字を書いたのか。このときすでに僕は自分の字を見るのが嫌だった。いったいどうすればこんな字が書けるの、という破天荒さはほとんどないかわりに、下手でかたちの取れていないひとつひとつの字のあちこちに、真面目な線があり、この部分的な真面目さと、ぜんたいの下手さ加減とがひとつになると、見るのは嫌だ、という自分の字となった。

実直に書くほかなかったから、きっとそうしたに違いない。折衷案の採用だ。止め、撥ね、払い、などの技法はすべて無視したうえで、漢字はいろんな長さの直線によって構成し、平仮名は直線とさまざまな曲線との組み合わせで構成するという、実用上の金釘流による字だ。いまその原稿を見ると、ぜんたいとしてはひどく真面目な印象を受けるのではないか。

最初の翻訳から始まって、僕がいつどのような仕事をしたか、ひと目でわかる資料を作成してくれた人がいる。その資料によれば、一九六一年の僕はかなり多忙だ。そして次の年になると、多忙さとは仕事であり、それはそのまま、そのときの僕の日常でもある、という状態になっていたことが、資料によってはっきりとわかる。仕事とは、原稿を書くことと、それに直接にあるいは間接に関係したはずの、喫茶店でのさまざまな対面の連続を意味した。二十代の前半のさらに前半で、すでにそのような生活が始まっていた。

僕が書いた原稿の特徴は、すぐに書ける、というものだった。二時間、あるいは三時間で、ひとつが完成した。自宅で書き、それを持って外出し、近ければ新宿で手渡す、というルーティーンに従うよりも、まず出かけてしまい、出た先で原稿を少なくとも二種類は書き、それを夕方どこか近いところで編集者に手渡したほうが、時間の使いかたとしては賢いのではないか、と僕は考えた。

だから毎日のように、僕は外出した。一九六三年の三月いっぱいまでは大学生だったから、学校にかかわる忙しさも加わったはずだ。外出する先は、まず学校へいき、そのあと、鶴巻町から都電に乗ると、乗り換えなしで神保町へいけることを、鶴巻町のビリヤードの壁に貼ってあった都電の路線図で、僕はすでに発見していた。だから学校のあとには、ほぼかならず神保町へ出た。

当時の神保町が学生の町だったかどうか、僕は知らない。町のありかたに学生を感じたことはなかった。しかし周辺に学校はいくつもあり、おそらくかなり長い時間のなかで蓄積された町の性格が、僕のような人も許容してくれたのだろう。喫茶店はたくさんあったから、はしごすれば半日の原稿書きの場所として、充分すぎるほどに間に合った。書籍、古書、洋品、食事の店、銭湯、映画館、ビリヤード、レコード店、文具店など、僕の日常に必要なものはすべて簡単に手に入れることが出来た。ついには定宿まであったのだから。

駿河台下あるいは神保町の停留所から十番系統の渋谷行きに乗るのは、一日のしめくくりにふさわしいものだった。渋谷までやや時間はかかったが、走る都電の車体の動きに体を預けていると、ぼんやりして過ごす時間にその動きが調和していることを、常に新鮮な発見として手に入れることが出来た。渋谷に到着した終電を下りるとき僕が持っていたものは、金属製のキャップをかぶせた鉛筆一本に小さな消しゴムと、鉛筆を削るためのポケット・ナイフ、それにコクヨの二百字詰めの原稿用紙をはさんで丸め、幅の広い輪ゴムをかけた『タイム』あるいは『ニューズウィーク』と、スラックスのポケットの現金だけだった。

原稿をたくさん書くためには、字を早く書く必要があった。すでに書いたとおり、実用上の金釘流だけでいくという書きかたの字だったから、たとえば崩し字や続け字などはとうてい出来るものではなく、そのような字を書く意思もなかった。金釘流の実直さはそのままに、とにかく早く書くほかない、という結論を僕は守った。

注意した点はただひとつ、妙な書き癖をつけないことだった。平仮名の「ん」が英大文字のLに見られないように。平仮名の「し」が、開いた部分が上を向いた半円にならないように。片仮名の「ソ」と「ン」とを、誰の目にもそれとわかるよう明確に書き分けること。もっとあったと思う。ンとソに関しては、ごく早い時期に書いた短編小説のなかで、エルパソという地名がすべて、活字になったのを見ると、エルパンと組まれていたという経験があった。

鉛筆は早い時期にＨＢからＢへと持ちかえ、Ｂはさらに２Ｂへと移行し、かなり長いあいだ鉛筆は２Ｂだった。年を重ねるにつれて３Ｂそして４Ｂと上がっていき、最後は５Ｂになった。『５Ｂの鉛筆で書いた』という題名の本が僕にあるが、あの題名は現実をそのまま言葉にしたものだ。可能なかぎり筆圧をかけたくないという思いが、より濃い芯を選ばせたのではなかったか。鉛筆の人としてのフリーランスの日々は続いていった。

鉛筆のほかに芯ホルダーと呼ばれている筆記具も使うようになった。鉛筆と芯ホルダーの日々は、やがて次のように完成した。ファーバーカステルの芯ホルダーに、おなじファーバーカステルの６Ｂで１・２ミリの芯を、コヒノールの芯ホルダーにステッドラーの６Ｂで１・２ミリの芯を。そして鉛筆は、ステッドラーのあの青い鉛筆、あるいはファーバーカステルの深い緑色の鉛筆で、どちらも５Ｂの芯だった。筆記具はこのとおりに完成し、たいそう心地好く使ったが、自分の思考が文字となって紙の上にかたちをなす、というようなことはまるで考えなかった。原稿用紙に出来るだけストレス少なく、原稿を書いていくことが出来れば、それで上出来という状態に当時の僕はあった。

一九六四年に『平凡パンチ』という週刊誌が創刊された。創刊号から僕は仕事をした。誘ってくれたのは、それまではなんの面識もなかった、『平凡パンチ』のために平凡出版（現マガジンハウス）の社員となった庄司英樹という青年だった。『平凡パンチ』の編集者になる前はシャンソン歌手で、有馬徹とノーチェ・クバーナというバンドで彼が歌う様子を、民音だったか労音だったかのステージで僕は見たことがあった。仕事と関連したなにかの都合で、僕はそのステージを客席から見た。

僕より三、四歳年上の庄司英樹は弘前の出身で、麻生ひろしという名前で歌謡曲の作詞活動もおこなっていた。彼が歌詞をつけた歌でもっとも知られたのは、歌詞のなかに弘前言葉を使った、ザ・スパイダースによる『エレクトリックおばあちゃん』という歌だ。ＪＲ弘前駅の構内に、この歌の歌詞を刻んだ碑があるということだ。

　創刊から三年ほどのあいだ、庄司とはじつに多くの仕事をしたし、仕事のあとの良き遊び仲間でもあった。僕が『平凡パンチ』で仕事をしなくなって二、三年あとに彼は社員であることをやめ、四十代には赤羽堯の名で作家となり、その作品は直木賞の候補に選ばれた。

　あるとき僕が『平凡パンチ』の編集部で原稿を書いていたら、隣のデスクで庄司も原稿を書き始めた。枡目が正方形に近くてかなり大きい『平凡パンチ』の原稿用紙に、彼は万年筆で書いていた。その字を初めて見て、僕は感銘を受けた。こういう書きかたもあるのか、という感銘だ。枡目をいっぱいに使って、きわめて個性的な筆の運びの、しかし読みやすい、華のある字だった。その万年筆はなんというものなのか、僕は彼に訊ねた。これはモンブランだと彼は答えた。22という番号も教えてくれた。

『平凡パンチ』の仕事を夕方までに終えた僕は神保町へいき、その前を何度となく歩いていた金ペン堂に入り、モンブランの22はありますか、と訊ねた。ありま す、と答えた店主の古矢健二さんは、どんな字をお書きになるのか見せていただけませんか、と言った。庄司英樹のモンブランを借りて書いた数枚の原稿を僕は持っていた。その字を古矢さんは一瞥し、これがぴったりです、と言いながらガラス・ケースのなかに手をのばし、モンブラン22を一本、つまみ出した。実用品です、とも古矢さんは言った。インクはお持ちですか、という古矢さんの当然の質問に、ありません、と僕は答えた。古矢さんはパーカーのウォッシャブル・ブルーを勧めてくれた。モンブラン22を使っていたあいだずっと、僕はそのインクを使い続けた。ガラスの瓶をいくつも空にした。

近くの喫茶店に入った僕は、買ったばかりのモンブラン22にパーカーのインクを入れてみた。そして『平凡パンチ』の原稿用紙に、庄司英樹の字を真似して書いてみた。枡目いっぱいに線を引きまわして書く、という書きかたにじつに滑らかに応えてくれた22の快適さを気に入った僕は、喫茶店を出て金ペン堂へいき、さきほどとおなじ万年筆をもう一本ください、と言って買った。こういう客は珍しいのだろう、僕は覚えてもらい、その日以来の客となった。

モンブラン22は合計で三十本は買っただろう。在庫は探しますけどもうどこにもありませんよ、と言われた記憶がある。二百字詰めの原稿用紙で三百枚も書くと、22のペン先はまっ平らにすり減った。先端の部分を使って書くと細い線の小さな字を書くことが出来たが、僕にはそのような使い道はなかった。だから次々におなじものを買うほかなかった。一年に三本使ったとして、十年でちょうど三十本だ。22は自宅で原稿を書くときに使った。外で、つまり神保町の喫茶店で書くためには、それまでとおなじく僕は鉛筆を使った。鉛筆はおそらく万年筆にくらべると、はるかに気楽に持てたからだ。

モンブラン22によって、自分が書く原稿の字に、大きな転換がもたらされた。庄司英樹の字から受けた影響を自分にあてはめると、きわめて初歩的にではあるけれど、すべての字をデザイン的に書くという方法が、もっとも有効であることがわかった。日本の文字を、うまい字としてではなく、デザインとして書くのだ。日本の文字をデザイン的に書く、とここでは言うけれど、一九二〇年代そして三〇年代の日本でおこなわれた、図案文字や装飾文字とは、なんの関係もない。

日本語の字とはなにか、という発見をしたし、日本語の字とそれを書く自分、つまり書くとはなにか、自分とはなにか、という問題に向き合うことにもなった。書く自分に対して、もっともストレスのかからない筆記具はなにか、そしてそれによって書く字はどのような字になるのか、というところまで、当然のこととして関心は広がっていった。

自分の字はへただ。すべての問題はそこにある。日本の文字を書いていくときの基本は、鉛筆でも万年筆でもすべておなじだが、ペン先を紙に接触させてまず最初の一画の線を書き、ペン先を上げて紙から離し、次の一画の線を書くために最適な箇所へペン先を降ろし、紙の上にその線を書いてただちに、ペン先を紙から上げる。日本文字を書くときには、手に持った万年筆が、この動きを何度も繰り返す。

自分のリズムの内部で達筆に万年筆で字を書いている人の、その万年筆のペン先の動きを見ていると、トットコトットコ、という調子で書いている。ペン先の上げ下げによって字の線を最適に書いていく様子の擬態語が、僕にとっては、トットコトットコなのだ。

日本の文字はいくつかの画によって構成されている。ひとつの画のために必要な線を書いたら、次の画の線を書かなくてはいけない。次の画の線を書くためには、そのすぐ前の画を書き終えて紙から上げたペン先を、次の画の線を書くための最適の位置に、降ろさなくてはいけない。

字がへたな人、たとえばこの僕は、次の画を書くためのペン先が、その画にとっての最適の位置に降りる、ということがほとんど常にない。したがってそこから書く線は最適な線ではなく、次の画においても、さらに次の画でも、おなじことが繰り返されていく。最適ではない線の蓄積が画の進行にしたがって加算され、その結果として、へたな字が紙の上に連続することとなる。

字のうまい人は、次の画に必要な線を書くためには、どの地点にペン先を降ろしそこからどこに向けてどのような線を書けばいいのかを、人生の早い時期に身につけた良い子たちなのだ、と僕は言う。

原稿用紙の枡目をいっぱいに使ってデザイン的に字を書くとは、枡目の枠も字の一部分として使っていく、ということでもある。幼稚なデザインではあっても、どの字においても、うまい字とはなんの関係も持たない、単なる直線と曲線とで構成されている。

たとえば葉という漢字を書くとき、僕はそれを日本文字としては書けないから、デザイン的に書いている。縦の線が六本、横の線が五本、そして斜めの線が二本の、合計十三個の部品を実用上の金釘流で配置して、葉、という字に見えるように書いている。仮の日本文字ですね、記号のようなものですか、と言われたなら、そうです、と僕は答える。

なぜそんなことになるのか。出発点は子供の頃にある。漢字であれ平仮名であれ、日本の文字を日本の文字らしく書くトレーニングを、僕は子供の頃にほとんど省略した。縦の線は縦の線でしかない。止める、撥ねる、払うなど、日本文字の書きかたを知らない。

したがって字はひどくへたであり、その字を見ているとまず当人が不愉快になるほどにへただから、その不愉快さをある程度以上に回避する方法として、文字を原稿用紙の枡目のなかにデザイン的に書く、という逃げ道を見つけた。

葉という漢字を書くにあたって、まず最初に書かなくてはいけない草冠は、単なる横線一本に、それを三等分した位置で左側に一本、右側にも一本、短い縦の線を交差させる、というとらえかたであり、そのとおりにいまも書いている。草冠を草冠らしく書く、という習字を僕は経由していないから、あらゆる文字をこのようにとらえざるを得ない。

すべての字をデザイン的に書くことによって、へたな字の視覚的な気持ちの悪さを自分は迂回する、そしてその字を見る第三者にとっては、ひと目見ただけで識別可能な文字とする、というご苦労さんな方針にしたがって、僕は文字を書いて来た。原稿用紙の枡目、という枠の内部で完成された方針であり、原稿用紙を使わない現在、自分が手書きする文字には明らかに不愉快な緩みがある。

手書きの文字のへたさ加減を、いくらデザイン的に書いて迂回を試みても、象形というそもそもの遥か遠い出発点からは、逃れることが出来ない。僕が葉という字を思いっきりデザイン的に書き、最後の木の部分を左右対称の小さめな図形にすると、一本の木が枝を何本も広げ、その枝のすべてに葉が繋っている様子が、そこに描き出される。字を図形デザインとして書くとは、象形へと接近していく経路でもあったことに気づく。

原稿用紙の枡目のなかで字をデザイン的に書くとは、どの字も可能なかぎり簡素な図形として書く、ということだ。葉に続いて永という例をあげておこう。永という文字を書くには、まず初めに、左斜め上から右下に向けて、短い線を書く。その線のあと、この線を左へと越えた地点から、右に向けてまっすぐ、さきほどの短い線のすぐ下まで、線を引いていき、そこで直角に曲がって、垂直に下に向かう。ほどよいところで、つまりかつての僕にあっては、原稿用紙の枡目枠の、下の線のすぐ近くで、止める。止めたら止めたきりだ。そしてその垂直な線の両側に、三角形の底辺を省略したような図形を、左右対称にひとつずつおなじ位置に書く。これで永の字は完成だ。垂直に下ろした線の突端を、お習字の場合は、撥ねる。図形として書く場合もこの撥ねはあったほうが識別しやすくはなるのだが、その最後の撥ねにいたるまでの図形は誰がどう見ても永の字なのだから、どの字も可能なかぎり簡素な図形として書くという僕の方針では、省略される。

簡素な図形としてデザイン的にどの字も書くとは、原稿用紙の枡目のなかで、どの字もそれぞれひとつとして独立させる、ということでもあったか、といまの僕は思い当たる。日本の文字をつなげた書きかたが僕には出来ないし、崩し字も書けない。広い意味での草書体ではあっても、守るべきルールは多いはずだ。そのようなルールに則って書くための練習は遠い昔に省略した。ひと文字ずつ簡素な図形として枡目のなかに書いていく作業は、日本文字とそれによる文章のなかに組み込まれている、縦のつながりから多少とも自由になろうとする試みでもあったか。

原稿用紙の枡目は縦につながっている。その枡目のなかにひと文字ずつ、いくら簡素な図形として書こうとも、出来上がっていく文章は縦につながっている。しかし、少なくとも文字は、ひとつひとつ独立しているではないかという、無駄な抵抗に近い試みだ。

トットコトットコ、という擬態語をさきほど書いた。日本の文字を書いていくにあたっての、ペン先の的確な上げ下ろしのことだ。この上げ下げの繰り返しの速度が早くて的確に一定しているほど、読みやすい字を早く書くことが出来る。ただし、自分がこうして手書きするにあたっては、そのためのスタンダードを持たなくてはいけないようだ。

じつに多くの人がスタンダードを持っていない。大人たちの字を見るがいい。小学校と中学校の九年間で、ひとりひとり個人的ななりゆきまかせの日々のなかで固めた書きかたをしている。これが現実だとすると、その対極に位置する夢物語は、ペン習字によるきれいでじょうずな字だ、ということになる。

『平凡パンチ』の原稿用紙とモンブラン22、そしてパーカーのウォッシャブル・ブルーのインクという、三者の相性はたいそう良いものだった。当時はこうした相性については思いもしなかった。正方形に近い枡目は大きく、字を簡素な図形としてデザイン的に書く場として、恰好だった。三か月ほどでそのような字は最初の段階を越えた。読みやすい字ですね、と言う人は多く、うまい字だなあ、と言う人もいたのには驚いた。

僕が考えたことが僕によって文章になっていく。その文章は、僕が手に持って動かしていく万年筆によって、端から文字として紙の上に書かれていく。僕という人の具体性も抽象性も、すべてがそこにあらわれる。この字と文章はお前そのものだ、と言われればそのとおりに受けとめるほかなかった。しかしその文字は活字になるまでの仮のものであり、僕のアイデンティティにまでは到達しなかった。しかし自由はかなり獲得した。自分の字をひとつずつ見ていく不愉快さからの、迂回路をいくという自由だ。

どの原稿用紙を使っても、枡目いっぱいに引き延ばして書かず、枡目の中央に穏便な大きさで図形的な字を書くことが、やがて出来るようになった。訥々《とつとつ》と喋る、という喋りかたを、万年筆で文字を書く動作にあてはめるなら、訥々と図形を書く、という段階には到達した。モンブラン22を使いはじめておよそ十年後、『ワンダーランド』とそれに続いた『宝島』で『ロンサム・カウボーイ』を連載した頃には、自分で作った原稿用紙にモンブラン22で、訥々と簡素な図形文字が書けるようになっていた。

書く、というひと言を、なにも考えることなく、反射的に、あらゆる状況のなかで、気楽に使う。いったいなにを書くのか。文字を書く。文字しかないから、それを紙なら紙の上に記していく行為には、すべてをひっくるめたかたちで、書く、という言葉が用いられる。したためる、記す、筆を取る、一筆添える、といった言葉はあるけれど、書く、というひと言にはおよばない。それに、状況も内容も、あるいは必然も、書く、とはまるで異なっている。領収書を書いてください、という言いかたは、領収書をいただけますか、領収書を発行してください、というような言いかたに置き換えることが可能だが、たとえばそれが小説のためのメモ書きではあっても、ノートブックに万年筆で字を書いていく営みは、書く、という言葉でしか言いあらわせない。字しかないから、それを書くにあたっては、書く、という言葉しかないのだ。では、字とはなにか。それを書くとは、どういうことなのか。

万年筆の軸のなかにあるインクが、ペンポイントから紙の上へ移っていく。字のかたちにペンポイントを動かすから、紙の上に移ったインクは字になる。字は次々に紙の上に出来ていく。それらの字は一定の意味をなすつながりのなかにある。字はいくつもつながって、意味を作っていく。意味とはなにか。字を書いていく人が頭で考えたことだ。字とは思考のことだ。思考をインクで紙の上に仮に固定したものが、字だ。

どの雑誌の仕事をしても、担当編集者は自分が勤める会社の原稿用紙をくれた。一冊で充分だろうと言いながらほんとうに一冊だけくれる人から、ひとつかみの数冊を封筒に入れてくれる人まで、さまざまだった。あまった原稿用紙は自宅へ持って帰った。一年もたつとその原稿用紙は本棚でかなりの容積となった。二百字詰めで六十枚を使うというような原稿のとき、それを自宅で書けば、三社ないしは四社の原稿用紙が混在することとなった。面白がる人とごく軽く怒る人と、半々だった。どの社の原稿用紙も良く出来ていた。『平凡パンチ』は活字による記事は十六字詰めだったから、下から四つ目の枡目のまんなかに、左から右へ直線を引いて、十六字詰めとして使っていた。自分のところの原稿用紙を作って用意している出版社が、いまでもあるだろうか。

相馬屋という文具店へ二百字詰めの原稿用紙を何度も買いにいった。神楽坂を上がって毘沙門天の斜め向かい側の、老舗と呼ばれていた店だ。いまのＪＲ総武線を飯田橋駅で降り、交差点まで橋の上を降りていき、交差点を渡って坂を上がっていった。

自宅のすぐ近くの、下北沢の一番街にも、何人もの作家によって愛用される原稿用紙を売っている文具店があった。ここでもしばしば二百字詰めを買った。新宿の紀伊國屋書店がまだ文房具を扱っていた頃には、いまでも覚えているK6という二百字詰めが好みで、累計して何冊買ったか、見当もつかない。丸善で二百字詰めを買うこともしばしばあった。

満寿屋の二百字詰めは薄い灰色の罫が好みで、神保町の三省堂で六冊ずつ買うのが、なかば習慣だった。六冊を持つと充実感があったからだ。いまでも何冊か本棚にある。この原稿用紙の枡目いっぱいに文字を書くための万年筆そしてインクが、揃っている。いま編集者が受け取っていちばん困るのは手書きの原稿です、と言った編集者がいるから、短編小説をひとつ、満寿屋の二百字詰めに万年筆で手書きしようと考えているところだ。枡目いっぱいに図形として書く僕の字は、三十年くらい前のものとくらべても、ほとんどおなじなのではないか。

コクヨの二百字詰めも忘れがたい。仕事をしに神保町へ出かけるとき、自宅から持って出るのはこれだった。天糊で綴じてあるのを一枚ずつはがし、五十枚ほどを『タイム』あるいは『ニューズウィーク』にはさんで丸め、幅の広い輪ゴムをかけておく、という持ちかたをしていた。『タイム』と『ニューズウィーク』はどちらも英語版で、街の書店や駅の売店など、かつてはいたるところで売っていた。いまでもあるのだろうか。あるならそれはどこにあるのか。

自分で二百字詰めの原稿用紙を作ったのは一九七一年ではなかったか。早川書房の二百字詰め原稿用紙の罫線枠をそのまま版下に使った。版下屋さんがそのとおりに書き起こしたはずだ。草思社にいた僕とおなじ年齢の編集者に頼み、いまでは考えられないことだが、紙の選択は彼にまかせた。選んでくれた紙の見本を僕が見たかどうか。見なかったような気がする。

千枚もあれば充分だと思ったが、一万枚が下限だと叱られぎみに言われ、そのとおりにした。出入りの印刷屋さんに作ってもらいますけど、その原稿用紙でうちの仕事もしてくれますか、と言われた。うちの仕事はたくさんあったが、そのなかのひとつ、『チープ・シック』はいまでも売れているという。

二百枚ずつ梱包されたものが五十包み、当時の僕が住んでいた代田二丁目の集合住宅の玄関に、ある日のこと届いて積み上げられた。押入れに収めた記憶がある。いったん収めると、一万枚というぜんたいの容積は、さほどでもなかった。モンブラン22とパーカーのウォッシャブル・ブルーのインクとの相性は、偶然にも、望み得る最高のものだった。

五年ほどあと、二百字詰めの原稿用紙をふたたび作った。おなじ編集者に頼んだ。五万枚くらい作ったらどうか、と言われてそのとおりにした。枡目は僕が作った。その当時の僕が万年筆で書く字の大きさを計測して平均を出し、枡目をひとつだけ描き、この枡目で二百字詰めを作ってほしい、と頼んだ。紙質と罫線の色は出来るだけおなじものを、という簡単な注文をしたが、おなじ紙はもうない、と言われた。時代は進んでいた。紙の見本が何種類か送られて来た。見た目だけで選びそうになった僕に、いつもの万年筆で書いてみてください、とその編集者は言った。僕は書いてみた。最適な紙を選ぶことが出来た。この五万枚は次に住んだ家に届けられ、ワード・プロセサーを使い始める以前に、使いきった。

デスクに向かって椅子にすわり、二百字詰めの原稿用紙を前にして万年筆を手に持っても、いきなり文章を書くわけにはいかない。いきなりは書けないはずだ。あらかじめ考えておかなくてはいけない。あれやこれや、断片的に考える。その断片ごとに、あとでデスクの上にならべやすい、しかもおなじサイズの紙に、メモとして書きとめていく。そうして出来ていくいくつかの断片をつなげて、ひとつのまとまりを持った文章を作り出す。

つなげるとは、その文章における論理のつながりに沿って、という意味だ。このような断片的なメモにもっとも適しているのは、僕の場合は3インチ×5インチのインデックス・カードだ。日本では情報カードと呼ばれている。インデックス・カードに書いた断片を論理の筋道に沿ってならべていくと、間もなく文章として書かれるはずのなにごとかの前身が、そこにあらわれる。そのときそこだけにある、なにごとかだ。

メモには二種類あるようだ。これから書く文章のためのメモと、いずれ必要になるかもしれない断片を書きとめたメモだ。いずれ必要になるかもしれないメモを、僕は3インチ×5インチのインデックス・カードに、何枚となく書いた。数が多くなるから専用のケースに入れた。この専用ケースが、種類豊富に、東京でも手に入った時期がかつてあった。ケースから取り出してたまに見ることがあった。何枚読んでも、さて、どうしたものか、という思いがあり、その思いを打ち消すためには、このなかからなにかを作るぞ、という気持ちを固めて、意図的にカードを見ていくことをしなくてはいけなかった。何枚かのインデックス・カードからなにかが生まれたことがあったかどうか、僕は記憶していない。

3インチ×5インチのカードに断片的に書きとめたものを何度も見ては、この一枚に続くこの一枚、そしてその次に位置すべきはこれではないかと、何枚かのインデックス・カードの内容がひとつにまとまると、4インチ×6インチというふたまわりほど大きな、しかしスタンダードなサイズのカードに移していき、それをならべて壁に押しピンで止めたのを時間をかけて観察し、これとこれとこれがつながる、という具合につながりを発見しつつ、今度はそのつながりをノートブックに書いていく、という創作の段取りを実行しているフランスの作家のことを写真入りで、なにかの雑誌で読んで僕はいまも記憶している。

いま必要なメモ、たとえばすぐにでも書き出さなくてはいけない短編小説のためのメモは、どうするのか。僕は下書きをしない。しかしメモはする。下書きとは呼べない段階のメモだ。まったく断片的なメモではなく、これから自分が書くはずの短編小説のためのメモなのだから、どこかですべてはつながっている。なにがどのようにつながってひとつの物語を作っているのかを、書き手である自分が自らに念押しするためのメモだろうか。

フリーランスのライターになる以前から、僕はスリー・リング・バインダーとそのリフィルの紙を、使いもしないのになぜか持っていた。一種のおまじないだろうか。タリスマンだ。ライターになったとたん、これが役に立ち始めた。リフィルをバインダーに綴じるための金属製のリングが三本あるから、スリー・リング・バインダーと呼ばれている。いろんなサイズのバインダーとそのリフィルを、東京でもたやすく買うことの出来た時期があった。あの時期はバブルのただなかだったか。

　三穴バインダーとも呼ばれるスリー・リング・バインダーには、いくつかのサイズがある。サイズ別にリフィルがある。いちばん大きいのは10・5インチ×8インチで、小さいのは5・5インチ×8・5インチだ。いちばん大きいのだと三つの穴あきでミシン目から切り取ることの出来るノートブックになっているものもある。バインダーもリフィルも、いまの東京では買えないだろう。三穴バインダーが東京から姿を消し始めた頃、アメリカのミードという会社のノートブックが、これもいくつかのサイズで、売られるようになった。もっとも大きいのは10・5インチ×8インチで、小さいものだと3インチ×5インチのインデックス・カードより、文字どおりほんのひとまわりだけ大きい、4・8インチ×5・8インチという面白いサイズだ。いろんなサイズの買い置きが本棚一段の半分ほどをいまも埋めている。

　どの大きさでもいい、そのとき使いたいものを、僕はメモのために使ってきた。行間は6ミリ、7ミリ、9ミリなど、いくつかある。僕は広い行間が好みだ。最初の行からきっちりと書いていくのではなく、行を無視した大きな字で、配置も自由に書いていく。ページのまんなかから書く時もあれば、ページの下から上に向けて書くこともある。バインダーは分厚い。リフィルがたくさん入っている。バインダーの表紙を左に開く。右側のページにだけ書く。リフィルの枚数の多さは、純粋な可能性の塊のように感じられる。どの紙にも、これから、なにごとかが書かれる。書かれたことから、なにが生まれてくるのか。筆記具を持った右手をリフィルの上に置くと、これからここになにごとかが書かれる、という期待や予感、ときめきなどを感じる。自分もメモを書く。それがなにになるのか、書いてみないことにはわからない。

いろんなサイズの三穴バインダーとそのリフィル、そしてこれもいろんなサイズのあったミードのノートブックの他に、ライティング・タブレットというものもあった。これも僕は好んでいた。紙質はほぼおなじで、サイズは6インチ×9インチというスタンダードだ。行間は8ミリで、それより狭いものを僕は見たことがない。どこの家庭にも一冊はあり、筆記具を使って書きとめなくてはいけないものはすべてこれに書いておく、という必需品だ。いまではまったく見かけなくなったが、バブルの頃の東京にはこれが何種類も市販されていた。

モンブランの22を使うのは原稿を書くときだけで、メモのときには万年筆以外のものを使った。鉛筆はステッドラーの5Bになっていた。芯ホルダーを使うなら、その芯は6Bだった。シャープペンシルだと0・7ミリや0・9ミリをへて、1・0までのBあるいは2Bだった。ボールポイントはじつにさまざまなものを試みたが、もっとも重要なのはボールの精度とそれに対するインクの出来ばえであり、それの安定度で選ぶと、パーカー、カランダッシュ、そしてラミーとなった。ポイントの大きさはどれもBだった。

アメリカで生活している人たちが日常的に書くボールポイントによる字に、強く惹かれるものを感じていた時期がかつてあった。もっとも日常的でわかりやすいのはレシートだろうか。買ったものの金額の数字が、そしてその合計が、ボールポイントでおおまかに書いてある。インクの色はたいていの場合ブルーで、字の線幅は広かった。レシート以外でも、このような字をしばしば見かけた。日常の必要に応じて、いつも書いているとおりにただ書いた、という字なのだが、そのぜんたいに強く惹かれるものがあった。

このような字がどんなふうにすれば日常的に書けるものなのか、筆跡を観察しながら想像をめぐらせることもあった。そして、自分でもこのように書きたい、と願うようになった。こういう字はいいよね、と賛同する人たちが身辺に何人もいた。

ざら紙、と言っていい紙質のレシートに、おそらくボール径1ミリのボールポイントを強く押しつけて、おおらかに太く書いた字だ。日常的にはスティック・ペンと呼ばれているボールポイントだ。鉛筆とおなじような形をしている、と言ってもいいかと思うが、雰囲気は明らかにボールポイントだ。

スーパーマーケットの文具売り場でそのようなボールポイントを買い求めた。ビックやペイパーメイトなど、さまざまだ。既製品のレシートの束、さらにはざら紙のライティング・タブレットなどを購入し、東京の片隅での日々のなかで書いてみたのだが、最終的には挫折した。途方もない力をなんの無理もなくかけることの出来る、太い腕の大きな手に持ったスティック・ペンを、筆圧もへったくれもなしに、気のすむまで強く押し当て、いつものとおり闊達に書く字、というものが自分のなかにはなかったからだ。

ボールポイントをなんとか自分のものとして、メモ書きに使うことが出来たのは、軸の上のほうを持って筆圧は可能なかぎりかけず、自由に大きな字を書く、という使いかたによってだった。A5サイズのノートブックで行間7ミリで二十四行だとすると、右のページだけに、一行おきに書く。行をはみ出す大きな字だから、書く文字は十八行から二十行くらいであり、一行には多くて十字だ。個条書きを一歩だけ進めたようなメモだ。

筆圧をかけずにいると、ボールポイントは紙の上をよく滑る。したがって書きやすい。特に書き始めに多くのインクが出てくる、ぼた落ち、と呼ばれているインクの流出がなく、インクの出かたが硬くなく、しかも一定しているものを選ぶと、パーカー、カランダッシュ、ラミーなどの替え芯が好ましく、僕はいずれもブルーのBを使った。

三菱のジェットストリームという銘柄は、いまたくさんある油性ボールポイントの芯として、最高と言っていいかもしれない。しかし軸の良くなさは特筆に値する。日常的に多くの人が使うボールポイント一本の軸の出来ばえが、いったいなぜこうなるのか理解に苦しむ、という造形と色だ。

ボール径が1ミリでインクの色はブルーの、全長87ミリほどの替え芯を、カヴェコのクラッチ・ペンシル、つまり芯ホルダーが、なんの細工の必要もなしにくわえることが出来る。芯ホルダーなのだから、ボールポイントの替え芯をくわえてもいいわけだ。コヒノールの三角形の軸をした、全長105ミリの芯ホルダーには、芯にほんの少しの細工をほどこせば、これもじつに快適なジェットストリームのボールポイントとなる。さらにいま少し細工が出来るなら、つまりどこをどうすればいいのかただちに理解し、そのとおりの細工をするのが得意な人は、パーカーのジョッター、カランダッシュ、フィッシャー、シェーファーなどにも、ジェットストリームの替え芯を使えるようにすることが出来る。

パイロットのカスタム74のシリーズにボールポイントがあった。二〇〇五年あたりのことだ。いまでもあるだろうか。これに軸幅が途中で6ミリほど広くなっているタイプの、ジェットストリームの替え芯が入れてあるのを引き出しの中に発見した。0・3ミリ厚の鉛板を使って、替え芯をこのボールポイントの軸に適合させると同時に、重さとバランスを整えるための細工もほどこしてある。文房具の本を作ったときの試みだ。使ってみるときわめて快適だ。カヴェコ、コヒノール、そしてこのカスタム74があれば、ジェットストリームによる快適なボールポイントの時間を持つことが出来る。僕自身、この十年近く、そうしてきた。

日本のジェットストリームというブランドのボールポイントのインクについて、次のような文章を広告のなかに見つけた。「黒インクに関しては、顔料と新しい色剤の組み合わせで、従来のインクよりも、より黒く濃く書けるようになっている」

ジェットストリームのボールポイントのインクは、黒だとより黒く濃く書けるだけではなく、青や赤を含めて、インクの試作を一万回以上も繰り返した結果の、インクの粘度の低い、したがって書くときの感触としては、さらさらとした滑らかさが、従来をはるかに越えていて、紙と金属ボールとの摩擦係数は、溶剤や添加剤、色剤などをまったく新たに開発した結果、これまでの係数の半分以下になっているという。

文字を書いてみると驚く。確かに、滑らかさは従来のものを越えている。これがボールポイントか、と思うほどだ。確かに、構造はまだボールポイントだ。粘度の低いインクは先端の金属ボールの周囲から外へ漏れやすい。これを防ぐために、替え芯のあの細い軸のなかに、金属ボールを先端に向けて押さえつけておくための、小さなスプリングを組み込んだ構造があるのだ。文字を書くときには、筆圧を受けたそのボールは、スプリングを押して引っ込む。

文字を書いていくときの感触は、もはやボールポイントではない、と言ってもいい。これまでのボールポイントだと、ある程度の粘度のあるインクを金属のボールがその回転によってからめ取り、紙の上へと移していた。だからある程度までの筆圧が必要だった。ある程度の力で紙に押しつけて書く、というこれまでのボールポイントの特性が、粘度を大幅に下げたインクによって、ほとんど消えようとしている。

三穴バインダーとそのリフィルが、東京で買えなくなっていった。ライティング・タブレットは姿を消した。使う人がいない、したがって売れない、したがって小売りの市場から消えていく、ということだ。僕がボールポイントでメモ書きするための紙は、ジュニア・リーガル・パッドへと代わっていった。これさえあれば、という気持ちで、これだけを使って現在にいたっている。

リーガル・パッドのジュニア・サイズ、つまり小さいサイズだ。五十枚で一冊に綴じてあり、ミシン目から切り離すことが出来る。サイズは5インチ×8インチだ。ワイド・ルールドは行間が9ミリで僕はこれが好みだ。リーガル・ルールドは7ミリの行間だ。紙は黄色い色をしているが、イエローではなくカナリア色と呼ぶ。左から20ミリの位置に、赤く細い線が二本、天地をつらぬいて引いてある。マージンのための線だ。この赤いマージン・ラインがないと気分的に落ち着かないから、たとえばＡ５のノートブックでマージンのないものには、左端から30ミリのところに、行のある部分にだけ、赤いペンシルで全ページにわたって僕はマージン線を引いておく。

オフィス・デポのカタログを見ると、このジュニア・リーガル・パッドが、ビジネスマンの必需品、とうたわれている。レター・サイズのリーガル・パッドと合わせて、種類が増えている。紙の色は白と黄色のふたとおりがあり、どちらも行間は7ミリだ。リーガル・パッドと言えば、小さいほうのジュニア・リーガル・パッドを意味する場合が多い。

ミードというアメリカの会社のリーガル・パッドはいまでも東京で買うことが出来る。行間の９ミリは僕の好みだが、万年筆だとインクがにじむ。可能なかぎりにじませないためには細字がいいのではないかと思い、パイロットのカスタム７４２のＦにカートリッジのブルーブラックで書いてみた。どうしたものか、というところでこの試みは止まっている。

三穴バインダーとそのリフィル、そしてライティング・タブレットがともに東京で買えなくなったあとでも、リーガル・パッドはアメリカのものが何種類か市販されていた。僕がメモを書く紙としてリーガル・パッドを愛用し、これさえあれば、という気持ちになったのとおなじ頃に、オアシス・ライトという名称のワード・プロセサーが市販された。

ポータブル・タイプライターよりひとまわり小さいサイズで、どこもかしこも貧相なまっ黒けの、なんの魅力もない造形だったが、僕は一台購入した。これで文章を書くといったいどういうことになるのか、興味があったからだ。ヨドバシカメラが開店する何年も前の、町田のさくらやで買って持って帰ったその夜、説明書を見ながらの操作はすぐに出来た。

さっそく短いエッセイを書いてみた。モニター画面は僕の左手の人さし指ほどの大きさで、ここに八文字が表示された。ここに八文字が、と書くとこれがちょうど八文字だ。ここに、と平仮名で入力して無変換ボタンで確定させ、はち、と入力して変換ボタンで八に変換して確定させる。もじ、と入力して、文字、に変換し、が、と平仮名そして読点をひとつ入力すると、ここに八文字が、という八つの文字が確定され、モニター画面に表示された。

逐次印刷、という機能があり、紙とインク・リボンを装填しておくと、確定される端から、じじっ、じじっ、という音とともに、印字されていった。自分がなにを書いたか確認したければ、逐次印刷された部分を見ればいいのだった。社内の試作品として作って誰もが笑った、という段階のものだと僕は思うが、富士通はこれを二十二万円という価格で市販し、僕は購入し、依頼されていた短いエッセイを、なんの支障もなしにこれで書いた。

次の日から万年筆による手書きはワード・プロセサーのキーボード操作となり、いくつものエッセイを書き、何日かあとには、短編小説を書いた。多少の不安はあった。モニターに表示される八文字は、少ないと言うなら少ない、しかし、ひとまず、という注釈つきで、これで充分だ、とも言えた。

ワード・プロセサーが書いたのではない。書いたのは僕の頭だ。日本語名を文書作成機というこの電子装置は、僕が頭のなかで書いた文章を、僕によるキーボードの操作という経路をへて、紙の上に印字していっただけだ。平仮名入力の親指シフトという経路は、僕にとってはたいそう好ましいものだった。

オアシス・ライトKというモデルを買ったのは一九八六年だったか。市場にあらわれたそれは、モニター画面が横二十字で二行へと拡張されていた。これも購入したその日から使った。充分に使えた。モニターが横幅で二十数センチにまで広がったモデルが出現したのは、さらに一年後だったか。二十字詰めの設定で常に七行ほどが横書きで表示されている。モニターを見るのは、変換が正しくおこなわれたかどうかを確認するだけだから、モニターになんの不足もない。縦書き表示も出来るようだ。いま使っているのは二台目ではないか。その前のは、消耗したバックアップ電池の在庫がなく交換出来ない、という理由でそのまま保管してある。

ワープロ、と略して書くことにして、ワープロは僕による操作を待っている。操作とは指示だ。故障していないかぎり、ワープロは僕が指示したとおりに機能する。僕が入力したとおりの平仮名を、僕が変換したとおりの漢字を、文章データとして蓄積していくという、ただそれだけの装置だ。

ワープロを使うと文体が変わるのではないか、文章そのものに明らかな変化があらわれるのではないか、などとワープロの普及に合わせて盛んに言われた。少なくとも僕に関しては、ワープロによって文章が変化することは、まったくなかった。僕が書く文章を変化させる機能など、僕が使っているワープロは持っていないのだから。

ワープロが持たされている機能の核心は、つじつまの合っていない部分があれば、それをあらわにする、という機能だ。ワープロはエモーションでぶれたりしない。心理の乱れによって上下の波動を起こすこともない。組み込まれている一定の論理の道すじを、指示されたとおりに進んでいくだけだ。

その論理とは、つじつまを合わせる、という論理だ。僕が入力する端から、つじつまの合わない部分をワープロが見つけては修正していくのではなく、僕がワープロに入力することによって、つじつまの合わない部分に気づいては修正していく、ということだ。

ワープロを使って二十数年の果てにいまようやくはっきりしてきたのは、つじつまのまだ合っていない部分がたくさんある状態のものを、ワープロに向かう前の段階で、自分のものとして存分に持ちたい、という願望だ。自分のものとしてとは、いまこの文脈では、自分で存分に手書きした何枚もの紙として、という意味だ。

まだ充分につじつまの合っていない状態でストーリーの原形のようなものを作り出し、つじつまを合わせて論理を整えた上で、最終的なつじつま合わせ装置であるワープロの操作にかかりたい。ジュニア・リーガル・パッドに手書きするほかないではないか。これまでどおり、ボールポイントによる大きな自由な字で。そう思いながら僕は、ボールポイントと万年筆の構造を、頭のなかでくらべてみた。

ソケットのなかの精度高く加工された小さな金属製のボールが、人の手によって紙に押しつけられて字のかたちへと動くとき、その動きによって金属製のボールは粘性のあるインクをからめ取りながら、紙の表面にそのインクを移していく。これがボールポイントによる字だ。

万年筆の場合は、水のようなインクがペン先の先端のペンポイントまで常に一定の量で流れ出ていて、紙に接したペンポイントが字のかたちとして紙の表面を動くにつれて、インクは紙の表面へと移されていく。ボールポイントに比べると、万年筆の場合、筆圧はほとんど必要ないのではないか、と僕は思った。筆圧を可能なかぎりかけずに済むメモ用の筆記具として、万年筆の可能性がいまようやく、僕の頭のなかに浮かび上がった。

モンブラン22の次には、型番は忘れたがペリカンを金ペン堂で勧められ、それを購入して使ってみた。じつによかった。だから何本も買った。このペリカンに関しても、何度目かの購入のとき、在庫はもうどこにもありませんと言われ、最初のワープロを使ってみるまでにすべてを使いきった。

最初のワープロを使い始めてから三十数年がすでに経過している。それだけの時間のなかでワープロを使ってきたからこそのこととして、僕にとってのワープロの機能の核心が見えてきた。と同時に、メモのための筆記具を、ボールポイントから万年筆へと替えることを、僕は思い始めた。このふたつの出来事は、僕の内部のどこかで、かなり密接につながっている。

一編の短編小説に必要なメモが手もとに出来上がったとき、そのストーリーのための論理がメモのなかで整合していない、ということはまずあり得ない。ストーリーの論理は登場する人物たちが担う。ストーリーの展開は彼らの論理の展開だ。ストーリーのなかにあらわれ、最初のひと言を音声にしたその瞬間、その人の論理は確定される。したがってその論理から逸脱するような言葉や行動を、その人はとらない。どの人物に関しても、このことはまったくおなじだ。

論理はこれでいいとして、書きかたにおけるつじつまは、書いていくとき、つまりワープロのキーボードを操作しつつ整合されていくつじつまは、僕にとってのワープロの機能の核心だ。必要ないもの、余計なものなどは、論理の展開にとっては邪魔であるだけだから、書かれない。書かれないとは、必要ないもの、余計なものなどのためにワープロのキーボードが僕によって操作されることはない、という意味だ。必要ないもの、そして余計なものの反対は、足らないものだ。必要なものが充分にそこにないと、たとえば論理の浮かび上がりかたに不足が起きる。だから足らないものは補ってつけ加えるほかない。

どの人も一メートルの距離のところから書いていて、あるときいきなり、ひとりの人との距離が十センチになったなら、そのことのためには理由が必要だし、他のすべての要素とのバランスを考慮をしておかなくてはいけない。これは書きかたのバランスにおけるつじつま、と呼んでいい。ワープロのキーボード操作を止めて考える。考えるためにキーボード操作を止めるときは、僕にとって、つまり僕が書こうとしているストーリーにとって、ワープロがもっとも役に立っているときだ。

すでに書いたとおり、ワープロはつじつまの合っていない部分を、そのまま見せてくれる。不足しているものを加え、余計なものを削る、といったさまざまな修正を即興的におこないながら入力していかざるを得ないから、ワープロは単なる清書のための装置ではない。

いろんな意味でつじつまの合っていない様子をそのまま見せてくれるワープロの機能を充分に引き出すためには、メモのために使う言葉をいま少し多くしておく必要がある、と僕は感じた。そのためには、自由に崩れた大きな字を、可能なかぎり低い筆圧でメモに書く必要があり、その必要に応えられるのは万年筆だ、と僕はほぼ結論した。つじつまという言葉は、つじつま合わせ、という用法に見られるとおり、日本語として低い価値のところに置かれているようだが、精密機器の接続とおなじく、つじつまは狂ってはいけない。

原稿用紙に本番の原稿を万年筆で手書きするのは、かなりの労働だ。姿勢正しくデスクに向かい、その姿勢に正しく呼応して、椅子にすわらないといけない。目の前に原稿用紙を置くのだが、一枚ずつではなく、たとえば五十枚が一冊になっていれば、その一冊を置き、上から順に使っていく。天糊で綴じてある紙を、書き終えるごとに、はがしていく。綴じられてはいない原稿用紙のときには、好みの枚数を用意し、いったんはきれいに揃えるだろう。文鎮で押さえる人もかつてはいた。左手で原稿用紙の左端を軽く押さえながら、枡目のひとつごとに万年筆で字を書き込んでいかないと、どうにもならない。この作業を五百枚、千枚と続けるのだ。

このような労働を自分の外側でおこないつつ、内側では小説を端から作っていく作業を、四十数年前から僕はおこなって来た。原稿用紙と万年筆の他には、飲みかけのコーヒーが手もとにあるだけ、という状態で書き始めるのは、あるいは書き進めるのは、エッセイであれ小説であれ、あまりに無謀ではないか。

原稿用紙の左側にあるデスクの空間に、開いた三穴バインダーが置いてあるいつもの景色を、僕は記憶している。バインダーのリフィルに鉛筆やボールポイントの大きな字で、ごく簡単に書いたメモをときたま見ながら、万年筆で原稿用紙に小説を書いた。そう来たか、ここからそこへいくのか、などとひとりで言いながら書いた短編が、赤い背表紙の角川文庫、と呼ばれている文庫のなかに数多く収録されている。

そのようなメモとは、書くべきことをかなりのところまで順を追って、紙の上に自分の字でならべてある紙だ。書こうとしていることが頭のなかでまとまらないことにはどうにもならないのだから、書くべき順序に沿って言葉にして、つまり文字にして、バインダーのリフィルに簡単ではあっても手書きしたというかたちで、いったん固定しておく。

書くべきことが頭のなかで順番につながり、それが言葉になって紙の上に手書きされ、ひとまずは固定される。頭のなかで順番につながり、という部分は大いに問題だ。なぜ、順番につながるのか。メモにする前に、書くことはすでに頭のなかで出来上がっているのではないか、と思ったりもする。

原稿用紙に万年筆で手書きしていくと、書いた文章がそのまま決定的になっていく度合いが高いかな、ということも僕は思う。頭から出てきた言葉や文章が、自分の手に持った万年筆で、原稿用紙の枡目に書かれていく。自分の手で原稿用紙に書いたぶんだけ、その人にとっては、決定感が強いのではないか。直すにあたっては、その決定感を自ら取り消さなくてはいけない。一本の縦線を引いてその部分は取り消しにして、新たな文章を続きとして書いていけばそれでいいのだが、引いた線の下に自分の書いた文章は見えている。手書きは、それをする人にとって、心理的な拘束力を持つのではないか。

ワープロを前にすると頰づえをつくことが出来る。原稿用紙に万年筆でも頰づえはつけるよ、という意見はあるかもしれないが、字面はおなじ頰づえでも、その内容は別物と言っていいほどに異なる。ワープロを前にして、椅子にすわった上半身を左に倒し、その上半身を支えるためも兼ねて左肘をデスクにつき、左の掌ぜんたいを、左の顎から頰にかけて当てがう。

いま使っているワープロだと、横長のモニター画面の左半分に、横書きの二十字詰めで文字があらわれる。変換が正しくおこなわれたかどうかを確認するだけのために、モニターにあらわれるいちばん下の行に、ときたま視線を向ける。それ以外のときはモニターの文章を見ているか、モニター画面の右側に立てかけてあるメモを見ている。そして僕は右手だけでキーボードを操作する。つまびく、という言葉が無理なく当てはまる。キーを、けっして叩くのではなく、右手だけで、つまびくのだ。

ワープロで原稿を書くと体の自由度は広がった。それに比例して、思考の自由度も広がるのではないか、という期待がある。ワープロを使い始めてすでに長いのだから、思考の自由度の広がりに関しては、多少の自覚があってもいいと思うのだが、はっきりした自覚はまだない。言葉をひとまず確定していくにあたっての、気楽な思い切りの良さのようなものは、原稿用紙に手書きしていた頃にくらべるとはるかに広がっている、という気もする。

自分の書く字はいまでも嫌いだ。原稿用紙に手書きしていた頃には、原稿用紙の最初の一枚の最初のひと枡に、最初の字のための最初の一画の線を引いたのはいいけれど、それがすでに大いに気に入らない、ということがときたまあった。その原稿用紙はそこでおしまいとなり、次の原稿用紙におなじ字のおなじ線を引くけれど、これも気に入らないと、その原稿用紙もまたそこでおしまいとなった。

これを何度か繰り返し、やっとどうにか第二の画へ進むことが出来た、というようなことは、ワープロでは完全になくなった。

ワープロはすぐに消すことが出来る。気に入らないところへカーソルを戻し、オーヴァーライトすればそれでいい。何行かに渡って消したければ、消し始めへカーソルを持っていき、そこから改行のキーを順番に押していけば、次々に消えていく。消えて見えなくなる。そこにはもう、それはないのだ。

ワープロはその名のとおり、ワードをプロセスする装置だ。処理機だ。プロセスしていくだけなのだから、使う人は基本的にたいそう気楽だ。気に入らなければすぐに消すことが出来る。消せばなくなり、見えなくなる。紙の上にいったんは自分の手で固定した言葉の、書き手自身に対する拘束力はほとんどない。書いていく言葉は仮のものだという事実が、書き手の主観とはまったく無縁なところで、端的にあらわれている。

ワープロがこのように気楽なだけに、そこにいたるまでの段階である、手書きしたメモの言葉数をいま少し多くしたい、というような願望が僕の意識のすぐ下あたりにあるのだろう。そのためには、ストレスのもっとも少ない筆記具として万年筆に向かうといい、と僕は直感した。

メモを僕は横書きしてきた。原稿を書く作業を始めた頃すでに、原稿そのものは縦書きでありながら、メモは横書きでとおし、いまでも横書きしている。これを縦にする意思はまったくない。スリー・リング・バインダーを左へ開き、右側にたくさんあるリフィルの、おもてだけに、大きな字で、行をなかば以上無視して、メモを書いていく。

だから横書きになる。無理に、あるいは便宜上、そうしているのではなく、ごく当たり前のこととして、そうしてきた。縦書きは原稿用紙への本番のときだけだった。二〇一五年の九月の終わりに、おそらく生まれて初めて、縦書きで下書きをしてみた。『ニューヨーカー』から選んだ短編で一冊を構成する短編集のなかのひとつを、僕が翻訳することになったからだ。ジョン・オハラという作家の、僕が生まれて三年後に掲載された、ごく短い短編だ。

全編の翻訳を下書きするといいのではないか、と僕は思った。その短編を翻訳する作業にとって、下書きはあり得べき正しいことのように、僕は感じた。僕はそれを実現させてみた。ロディアの方眼ブロックの16番を横に倒し、表紙を左に開き、第一ページの右上から、僕は下書きを万年筆で書いていった。メモは万年筆で書こう、ときめたときにまず買った、パイロットのカスタム98のM字の、黒軸とマルーン軸の一本ずつだ。黒軸にはペリカンのブルーブラックのインクを、そしてマルーン軸にはおなじくペリカンのロイアル・ブルーのインクを入れてみた。

どちらもたいそう良かった。自分に縦書きが出来るのかどうか、もし出来たとして、縦で書くとどのようなことが起きるのか、などと僕は思ったが、ごく平凡に、なにごともなく、縦書きで下書きをすることが出来た。続け字がなんの無理もなく出来たのは発見だった。ひとつの字から次の字への、万年筆によるつながりを、下手は下手なりに、そして身に覚えはまったくないのに、無理なくこなすことが出来た。横書きのときにくらべると、日本の字らしいつながりがそこにあったからには、言葉そのものも、日本語らしさというものを、いつもよりは多く持っていたのではなかったか。

ペリカンのブルーブラック、そしてロイアル・ブルーのどちらも、ロディアの方眼の刷り色に負けぎみだった。この方眼の色は、じつに気持ちのいい淡い色なのに。16番の方眼ブロックには一行に二十二字で十六行ほども書くと、一ページがいっぱいになった。方眼を三倍ほどにはみ出した大きな字を自由に書いた。縦書きした下書きで一ページがいっぱいになると、ミシン目から切り離した。

この方眼に負けない字を書きたいと思った僕は、さらに一本、万年筆を買ってみた。パイロットのカスタム・ヘリテイジ92の、透明軸のB字だ。これにラミーの、箱に印刷された色で判断して明るいほうのブルーを入れてみた。方眼に字が負けぎみ、という印象はなくなった。そのかわりに、この色のインクを他の万年筆でも試してみたい、という気持ちになった。ペン先の先端で紙に触れる部分であるペンポイントと、紙そしてインクの三者が作り出す相性という世界への、それは入口だった。

なんの無理もなしに、翻訳の下書きを縦書きしただけではなく、日本語の字として横書きのときより日本語らしさのある書きかたをした僕は、英語を日本語に変換するにあたって、本能的に、思考を日本文字による縦書きのものとして、自分の外へ出したのだろうか。しかし、縦書きはこのときだけであり、僕が自分で書く小説のメモを縦書きしてみたいとは、まったく思わない。それは思いもしないことだ、と言ってもいい。

日本語の字で縦につながって外に出てくる思考は、つまり紙の上に文字として縦につながって書かれた文章を支える思考は、書かれたそのときすでに、かなりのところまで完成したものなのではないか。まず誰よりも先に当の書き手が、そのようにとらえるのではないか。最終的には縦になるものを、メモの段階で僕はなぜ横書きするのか、という問題とつながっている。

横書きすると、それは完成されたものではなく、アイディアの段階での断片なのではないか。断片ではあるけれど、ひとつの小説としての論理的なつながり、という連続性のなかでの断片だから、おたがいにまったく無関係な断片の集積ではない。しかし、完成してはいない。つなぎかたは自在に変わるし、必要のないものは捨てられる。断片はいくら重ねても、それがぜんたいとして完成することはない。おたがいがどのように関連するかに関して、あとでどうにでもなる、という自由度が高い。

日本語による縦書きの思考、ということがかつてしばしば言われた。縦につながる言葉、というかたちのなかに、思考を流し込む。言葉のつながりは意味のつながりだ。それは論理の展開だ。句点をひとつ打つそのたびに、論理はひとまず完成する。縦とは見てのとおり上下だから、あらゆる論理はなんらかのかたちで、上下関係のなかに完結する、というような論法を、かつてどこかで読んだ記憶がある。こじつけの典型だろうか、それとも鋭い知見なのか。メモを横書きする自分を肯定するために、縦書きについて僕はこんなことを書いているのだろうか。

ひとまず固定する装置はワープロであり、そのワープロのモニターは横書き表示だが、プリントアウトすると縦書きで出てくるし、メール送信したものを受信する人は、縦書きされた原稿として受け取る。活字になるときも縦書きだ。最終的な縦書きを当然のこととして受けとめている事実と均衡するかたちで、僕はメモを、そしてワープロのモニターを、横書きしているのか。それとも最後の段階まで、縦書きを逃れようとしているのか。原稿用紙に手書きしていた頃、これは縦書きだ、と意識したことは一度もなかった。そのときはその縦書きの手書き原稿が、活字になるという最後の段階の、ひとつだけ手前のことだったからか。

英語から日本語に翻訳する昔のアメリカの短編小説は、縦書きの日本語として下書きが出来た。それを僕は推敲した。このために購入してみたのは、パイロットのカスタム74のF字のマルーン軸だった。推敲なら細い字がいいのではないか、という期待に、F字の万年筆を初めて買う自分が重なっていた。F字とはいったい、どのような字なのか。インクはパイロットのカートリッジで、ブラウンと表記されているものを使った。

カスタム74のF字は、小さい字で丁寧に記入していく作業に適していた。推敲はそのような作業のひとつだ。インクの色はいい色だった。赤とはまるで異なっている様子を僕は気に入った。推敲を終えて、翻訳原稿をいつものとおりに、ワープロで入力した。

ジョン・オハラが書いたこの短編は、ごくわかりやすい小説だった。ワシントンの政治の世界で生きているふたりの男性が登場する。アンダセクレタリーにまでなっている男のところへ、もうひとりの旧知の男が就職を頼みにあらわれる。ふたりは昼食の席をともにする。

ワシントンにおけるふたりの位置を、たとえば父親までさかのぼってくらべてみると、就職を頼みにあらわれる男性のほうが、明らかに高いのだ。そのことを彼は自明の理としてとらえている。だから彼は最初から、アンダセクレタリーの男を下に見ている。そのことが彼の言葉のなかに何度かあらわれたあと、言ってはいけない決定的なひと言を彼は言ってしまい、そのことによって昼食はそこでおしまいとなる、という短編だ。言ってはいけないひと言を言ってしまったね、と彼は相手に言い、相手はそのことを認める。

言ってはいけないひと言を言ってしまったね、と彼は言っているのだから、その決定的なひと言は彼の台詞のなかにあるはずだと思った僕は、そのひと言がどれなのか、つきとめようとした。あなた程度の人がここまでになろうとは、という台詞なのだろう、と僕は見当をつけた。

生まれて初めて下書きをした。しかも縦書きで。この出来事が影響したのだろう、外国の万年筆を何本か買ってみた。パーカー、シェーファー、ラミー、ペリカン、ウォーターマン、レシーフ、カヴェコ、ファーバーカステルなどだ。一本ずつインクを入れては使ってみた。動きは横なのだ、という発見をした。プリント体も含めていいと思うが、筆記体で文章を書くとき、ヨーロッパやアメリカでは、万年筆とそれを持つ手の動きは、左から右への動きとなる。文章が常に左から右へと向かうからだ。

買って試してみたヨーロッパやアメリカの万年筆のどの一本も、これは欧文筆記体による横書きのためのものなのだよ、というまぎれもない事実を僕に教えてくれた。日本の文字は、おそろしいまでの草書体ではないかぎり、一画ごとに、ペン先の先端を紙から上げ下げしなくてはいけない。しかも字は本来的には縦につながる。日本語の字を手書きするときの、まったくの自明の理のすべてが、ヨーロッパやアメリカの万年筆では、いっさい考慮に入れられていない。このことを僕は充分に承知していたのだが、僕の承知を現物の力ははるかに上まわった。ペン先の先端を紙の表面にいったん下ろしたなら、そこからどこまでも、インクのある限り、筆記体の文字は、左から右へと連続していく。tとi、ピリオド、そして語と語とのあいだで一瞬の切れ目はあるけれど、ペン先の先端の動きは、左から右への曲線としてのつながりのなかに、どこまでもある。ペン先の先端はどの方向にも動かすことが出来るけれど、基本の動きは左から右へと筆記体の曲線でつながった動きだ。

僕が買ったヨーロッパとアメリカのどの万年筆にも、この左から右への動きを強く感じた。ペリカーノ・ジュニアのような、万年筆で初めて字を書く人たちを主たる対象にしたものでは、左から右への動きは初歩的にあからさまだったし、シェーファーの葉巻を思わせるという造形の、レガシー・ヘリテージ・ブラック・ラッカー・パラディウムのような万年筆では、もはやとうてい初歩的ではない感触で、左から右への動きが、その万年筆の重要な機能のひとつとしてビルトインされていて、ペン先の先端を紙の上に下ろせばそのとたんに、いつでもその機能が作動する、と僕に思わせたほどだ。

どの万年筆でも日本の字は書けるけれど、一画ずつ追ってペン先の先端が動いていくことによってひとつの字が出来ていく、という考えかたは、ヨーロッパやアメリカの万年筆にはなかった。したがってそこには、画ごとに万年筆を上げ下げする動作は想定されていず、書いていく字が縦にならんでいく日本語の現実も、まったくの別世界だった。

右上から左斜め下に向けて線を書く動きは、日本語では頻繁にある。しかし欧文の筆記体では、この動きはまずない。そしてこの動きに対して、インクが出ない、あるいは、かすれる、という特徴が、少なくとも僕の買った外国製の万年筆には、共通していた。この動きだけではなく、画を追っていくときの動きのどれかでインクが出ないことが、しばしばではないけれどけっしてたまにでもなく、あるのだった。英文を筆記体で書いているかぎり、インクはやや流量多く出続けた。英文の筆記体では、ペン先の先端は、左から右に向けての基本的な動きのなかで、一定の法則に則ったと言っていい曲線の動きを、連続させていく。ペン先の先端であるペンポイントは、紙の表面に触れ続けている。したがってインクは、一定の量で引き出され続ける。

ふと浮かんだポピュラー・ソングの歌詞を、シェーファーの葉巻タイプの万年筆を使って筆記体で書いてみると、これぞ欧文の筆記体という出来ばえを作り出す機能に刺激された僕は、ファウンテンという一語について考えた。つきることなく出て来るインクの泉は、左から右に向けて書いていく文章の、途切れることのないつながりへの期待なのではないか。瞬間的な短い切れ間はあるけれど、基本的にはすべての思考は書かれる文字として左から右へとつらなるのであり、インクがそのことを支えるのであれば、ペンポイントとその切り割りもまた、左から右へのためのものなのではないか。

毛筆で書くにあたって、意図や目的がはっきりとあるときは楷書だが、そうではない場合は、ある程度以上の続け字だったはずだ。一画ごとの筆の上げ下げはほとんど意識されなかったのではないか、と僕は想像する。書いていく字の、一画ごとのペン先の先端の上げ下げは、じつは万年筆から始まったことではなかったか。

カヴェコの万年筆をまた買ってみた。これまでに何度も買ったから、また、と言う。見ると買いたくなるような造形だ。透明な軸にキャップは緑色で、これも透明だ。この緑色には惹かれるものがあった。キャップを取ると、無色透明なのは軸だけであり、書くときに指をかける部分からカートリッジを受ける部分まで、緑色の透明だ。キャップをした状態で１０５ミリだ。取ったキャップを軸のうしろに差すと、書くときのバランスは良くなる。この状態での長さは130ミリという正解だ。その小ささのゆえに、リリパットという愛称がつけてある。

パール・ブラックという名称の黒いインクのカートリッジが六本、小さな紙箱に入っている。そのカートリッジを使ってみた。いい黒だ、と僕は思った。黒々としていない。どこかに、明らかに、留保がある。黒さもこのあたりまでにとどめておこうではないか、という留保だ。

このペンポイントとインクにとって、最適の紙を日本の紙のなかから見つけてみたい、という願望が自分のなかにあるのを、ふと感じる。見つけてどうなるわけでもないのだが、見つけてみたい。欧文を筆記体で左から右へと書いていく営みだけを考慮に入れて作られた万年筆である事実を、紙との相性でどこまで補うことが出来るのか。

万年筆を買うためには、それを売っているところへいかなくてはいけない。下りの私鉄でひと駅の百貨店の文具売り場には、万年筆の売り場がある。ガラス・ケースのなかに万年筆はたくさんならんでいる。

外国製の万年筆についてはすでに書いた。買うべき万年筆の選択肢から、外国製の万年筆はいったんはずれた。これはいいことだった。それから、さらにいいのは、万年筆を買う理由が、具体的にはっきりしていることだった。なにのために、どんな字を、どう書くための万年筆なのか。小説のメモのために、大きくて気楽な、自分だけのための文字を、可能なかぎり自由に書きたい。このことはすでにきまっていた。しかし、だからと言って、すべてうまくいくわけではないのだった。

売り場でガラス・ケースのなかを見ていると、国産、という言葉がまだ生きている世界なのだという事実を、ひしひしと感じた。外国の万年筆は厳然と区別して陳列してあった。そして外国製のほうが、明らかに偉そうに見えた。外国製が人々にまだ有り難がられている現実への、売る側からの反応として、外国製のものが偉そうにならべてあった。明治時代に始まった輸入万年筆からの伝統のようなものが、いまもまだガラス・ケースのなかでは生きていた。それら外国製をすべて無視することが出来るのは、たいそういいことだった。

国産のBのペンポイントの万年筆を僕は買った。Bとはbroadの頭文字で、広い、という意味だ。なにが広いのか。ペンポイントにはイリドスミンという合金が電気溶接してあり、ハート穴まで二本に切り割られている。そのペンポイントの、書くときに紙と接する部分の幅が、広いのだ。広ければ、より自由に、より大きな字が、思いのままに書けるはずだ、と僕は思った。現実はほぼその反対だった。

自宅で少なくとも三種類のインクをそれぞれ入れてみて、これは違う、これも違う、けっしてこうではない、などと何本かのBが不合格となっていった。書いていくときの感触が、僕にとっては好ましくはなかったからだ。ペンポイントが紙と触れ合って動いていくときの感触は、万年筆をとおして僕の手へそして体へと、戻って来るかのように伝わるのだった。

シュナイダーの四倍のルーペで僕はBのペンポイントを観察した。よく出来た様子には見とれてしまうのだが、大きなペンポイントが紙と接する面は平らであり、その平らな面積のまんなかに、切り割りがまっすぐに走っていた。紙との接触面積の広さが、書いていくときに僕が受けとめる感触へと、直接につながっていた。

ペンポイントと紙との接触面積の広さが、そのまま、ブレーキとして働いている、という現実をルーペごしに僕はとらえた。広い面積におけるペンポイントと紙の接触じたいが僕には好ましくないのだが、それに重なってもうひとつ、書いていくときの速度が遅くなる、という現実があった。

紙と接するペンポイントが平らで広いからこそ、線幅の広い字が書ける。Bとはそういうことなのだ。広い面積での紙との接触によってペンポイントの動きに自らブレーキをかけながら、インクを介してペンポイントは紙の表面を滑っていく。Bのペンポイントの、接触面の平らな広さは、僕にとっては選べないものとなった。なにかには使えるはずだ、という思いは続いているから、まだ自分では気づいていないどこかにBの使い道はある、と考えてはいる。Bのペンポイントが適応出来る範囲は、思いのほか狭いのか。

Bのペンポイントを、となぜ僕は思ったのか。じつはほとんど根拠のない期待を、僕はBのペンポイントに持っていたようだ。太い線による大きな字、あるいは、簡素にデザイン化された図形としての字。これが、なんとか自分自身にも許容出来る範囲内で、Bを使えば書けるのではないか、と僕は思った。Bというペンポイントの実用性を、もっと現実に則してとらえなおさなくてはいけない。

発見がひとつあった。パイロットのカスタム74だと、字を書くときに持つ部分よりもわずかに上に金属性の細いリングがあり、そのさらに上に、キャップをつけるためのネジが切ってある。このネジのさらに上に指先をかけて持つと、機能的におそらくそうならざるを得ないと思うが、なんの無理もないままに大きな字を書くことが出来る、という発見をした。

大きな字とは、こだわりのない字、とでも言えばいいか。筆順は効率として守るけれど、それ以外の書きかた、そしてそれによって出来ていくぜんたいのかたちなど、簡素なデザイン化に必要なものすべてをひっくるめて、自分だけのための、したがってなににもこだわっていない字は、万年筆の上のほうを持つことによって、自分にもたやすく書くことが出来た。万年筆で字を書くとき、もっとも一般的に持つところを、僕も持っていた。原稿用紙の枡目のなかに大きく引きまわした字を書いていたあいだ、ずっとそうだった。自分のへたな字から可能なかぎり逃げる、というこだわりのなかに当時の僕はあった。そのこだわりから抜け出すためには、万年筆の上のほうを持って書けばいい、という事実を僕はいまになってようやく発見した。

Bというペンポイントの、紙の表面との接触面積の広さは、ペンポイントと紙との相性の問題をあらわにもした。ペンポイントと紙との相性のただなかに、インクが存在する。インクは、ペンポイントと紙とのどちらとも、相性が良くないといけない。
パイロットのカスタム74のMにパーカーのブルーのインクをコンヴァーターで入れて、ロディアの横罫のブロックに罫を無視した大きな字で書くとじつに良い、というのが相性の一例だ。おなじパーカーのインクでも黒はきわめて平凡だし、ブルーブラックだとこれは相性がないな、と思う。紙ごとに、あるいはペンポイントごとに、おたがいの相性について考慮しなくてはいけない。ペンポイントがBだと紙との接触面積が広いから、紙との相性の善し悪しを、Mの場合よりもさらに強く感じることになるだろう。

こうしてBのペンポイントから、いったん僕は離れることが出来た。いずれまたBの実用性を検討するとしても、いまは列外となったのだ。そのぶんだけ気楽な僕は、プラチナ万年筆を次の課題として選ぶことが出来た。プラチナ万年筆という言葉は、子供の頃から知っている。いろんなところでしばしば目にした言葉だ。雑誌に掲載されていた広告で見たのではなかったか。しかし、プラチナ万年筆を自分のものとして持ったことは一度もなかったし、実物を手にしてみたことすらなかった。

だから僕はプラチナ万年筆を一本、買ってみた。３７７６センチュリーという型番で、軸はブラック・イン・ブラックでペンポイントはMだった。プラチナの水性染料インクのブルーブラックをカートリッジで入れて、字を書いてみた。僕は驚いた。じつに書きやすいではないか。たまたま使ってみたツバメノートのノートブックの紙との相性は最高に近いものだった。ただしあらゆるノートブックはその製造時期によって紙の作りかたが異なる。紙の作りかたが異なると、インクを介しての紙の表面とペンポイントとの関係が変化してしまう。しかし、いま手もとにあるツバメのノートブックとの相性は、素晴らしいではないか。

こういう万年筆を自分はこれまでずっと知らないままだった、と僕は思った。書紙の表面によってペンポイントにブレーキのかかる感触はまったくなかった。書いていく字の線の太さがじつに適正だ。紙の表面からのペンポイントの上げ下げがきわめて軽い。書いていくときに受ける感触ぜんたいのなかを、ほど良い硬さがつらぬいている。

あまりにも素晴らしいので僕はもう一本買った。おなじ型番のMで軸色はブルゴーニュだ。顔料カラー・インクのピグメント・ブルーのカートリッジを入れて書いてみた。これもおなじく素晴らしいが、こちらのほうが線は細く書ける。書いていくときに受けとめる感触も異なる。インクの違いによるものかと思ったが、ルーペで見くらべてみると、ペンポイントはこちらのほうが明らかに細い。

おなじ型番の万年筆でもペンポイントには個体差が発生する。ペンポイントの製作工程を知れば、あるかなきかの個体差が発生するのは、当然のことに思える。あるかなきかのごくわずかな個体差なのだが、字を書いてみると、そのごく小さな差は、はっきりと感じられる差にまで拡大される。

僕がかつて原稿用紙に書いていた、字画を枡目いっぱいに大きく引きのばした、簡素な象形のような字に最適なのではないか、と僕は思った。だから満寿屋の二百字詰め原稿用紙に、かつてとおなじ書きかたで字を書いてみた。これはいい、と感じた僕は、この万年筆を使った手書きで、短編小説をひとつ書いてみたくなった。書くのは僕の自由だが、手書きで書き終えたならそれに対しては推敲が必要で、推敲を終わったらワープロで清書することになるのではないか、とも思った。

字を書いていくあいだずっと受けとめ続ける、ほどの良い硬さのような感触は、ペン先の形状から生まれるものかもしれないと判断した僕は、ルーペで真正面から、3776センチュリーのペン先を観察した。ペン先は平らであると言っていい形状で、両側がペン芯に対して丸まったかたちではなく、丸い角をへて垂直に落ちていき、その内側からペン芯が、ペン先のぜんたいをぴったりと支えている。ペン先は大きい。このことも、書いていくときの感触の良さと、密接に一体となっているはずだ。

プラチナ万年筆、という言葉を子供の頃から見ていたが、いったいいつの間にここまで、などと間の抜けたことを思ういまの僕からさかのぼることじつに九十二年、一九二四年（大正十三年）に、中田俊一が上野で開業した中屋製作所から、プラチナ万年筆は始まっている。『万年筆クロニクル』（すなみまさみち・古山浩一、枻出版社、二〇〇七年）によると、中田さんは大正十年前後から岡山で万年筆の販売をしていたという。以下、この著作から、プラチナ万年筆の百年近い歴史を、ごく簡単にたどってみよう。

開業してすぐに中田さんは万年筆の製造と販売を始めたようだ。地方には万年筆がまだいきわたっていなかった事実に目をつけ、十二本入りの箱を地方の市町村役場に送り、代金は十一本分でいい、という売りかたは喜ばれ大いに売れたという。ナカヤ、ピートン、チャンピオンなどの自社ブランドを持ち、東南アジアに販路を広げ、そこではスリーファイヴやプレジデントなどのブランド名を使い、すでに商標登録されていたプラチナを買い取ったのはこの頃だ。

倒産した万年筆会社の職人を雇用しては万年筆の製造数を増やしていき、百貨店のプライヴェート・ブランドをいくつも手がけ、並木というメーカーの蒔絵軸の成功を見て自分のところでも製作して成功させた。一九四二年（昭和十七年）、社名をプラチナ萬年筆株式会社とした。将来における万年筆の有望性を信念のようにかかえ、なおかつそこに製造者そして販売者としての深い才覚が重なっていないと、このようなことは出来ない。戦争の時代には、旧帝国海軍の軍需産業の会社を設立し、四百機の零戦を製造したという。零戦のプロペラの軸受けにはイリディウムが使われた。万年筆のペンポイントに電気溶接する金属だ。戦闘機を製造しながら、中田さんは万年筆のための素材の蓄積もはかった。

一九四八年（昭和二十三年）、セーラー万年筆によって、日本で最初のボールポイントが製造販売された。一年遅れてプラチナもボールポイントを製造し、日産五千本が飛ぶように売れた。社名は一九四七年（昭和二十二年）にプラチナ産業株式会社となった。一九五七年（昭和三十二年）、日本で初めてのカートリッジ式のインクを、プラチナは発売した。外国では一九五六年に発売され、日本での特許はセーラー万年筆が一九五四年（昭和二十九年）に取得していたが、発売は見合わせられた。インクを使いきったあとのカートリッジを使い捨てにすることに、当時の日本国内にはまだ抵抗があったからだ。プラチナによるこのカートリッジ・インクには、オネスト60という名称がつけられた。一九六〇年までには市場を席巻する、という意思を込めた60であり、オネストは当時のアメリカが自慢していた、精度の高い地対地ミサイルの、アメリカにおける愛称の一部分の借用だった。

一九六二年（昭和三十七年）、ふたたび社名をプラチナ萬年筆とした。二〇〇〇年（平成十二年）には、定年退職した職人たちを集めた組織である中屋万年筆を作り、小まわりのきくメーカーとして、店頭にはほとんど出ることのない秀逸な製品を提供している。社名の変遷をなぜ書くかというと、現在の正式な名称を日本語でなんと言うのか、最新のカタログを見てもわからない、というようなことがあるからだ。

３７７６センチュリー二本のあまりの良さに、美巧というシリーズからMを一本、そしてセンチュリーのニース・ピュール・ロディウム・フィニッシュのMを一本、買うこととなった。紙との相性はかならずやあるはずだ。センチュリーはツバメとの相性が良く、美巧はキャンパスのノートブックにいい、というように。軸やキャップを作るためにエボナイトが使われていた頃には、一本ずつ轆轤《ろくろ》を使って職人によって手挽きされていた。エボナイトに続いたセルロイドでもおなじだったが、一九五二年に射出成形機が導入され、轆轤による手挽きはなくなった。プラチナのカタログを見ると、3776センチュリーにセルロイドと明記されたモデルがある。色柄はエメラルドだそうだ。僕はコレクターではなく、自分に合っている実用品を探しているだけだが、センチュリーの実用性能はよくわかったつもりなので、このセルロイド製には惹かれるものがある。

万年筆はキャップをつけて使うものだと言われている。キャップをつけた状態でもっともバランスが良くなるようになっています、という言いかたもしばしば目にするが、この言いかただと言うべきことを半分しか言っていない。バランスの良さは人がそれを手で持つからこそのものであり、持つとは、どこを持つのか、つまり支点はどこなのか、という問題だ。キャップをつけてここを持てばバランスはもっとも良くなります、と図解しなくては意味がない。

プラチナ3776センチュリーにキャップをつけるとぜんたいの長さは153ミリで、重さはインク・カートリッジをつけて22グラムいかない。バランスにはふたとおりある。その物じたいのバランスと、それを人が手に持って字を連続的に書くときのバランスだ。字を書くときのバランスは、キャップをつけるためのネジを越えたすぐ上のあたりだろう。ネジとその上との境目に人さし指の先端がかかると、書くためのバランスとしてはもっとも良くなる、と僕は感じた。

それまで一度も持ったことのない、かなり上のほうを持つという、僕にとってはまったく新しい体験がそこにあった。これまで一度も体験したことのない、高い位置で万年筆を持って字を書くときの、フィードバックの感触としか言いようのない、あの感じ、というものに対して、万年筆の持ちかたはきわめて重要であり、その持ちかたはゆるやかで軽いものとなる、という発見もあった。

プラチナに二百円の万年筆があるのを知った。買ってみた。プレピー、という名称だった。いま、東京で、プレピーとは。これいかに、と古風に続けたくなるが、そんなことをしてどうなるわけでもない。ペンポイントは0・5ミリを選んだ。透明軸だ。キャップも透明で、先端部分には青く色がついていた。クリップが一体成形のプラスティックであるなど、造形は悪くない、というのが僕の印象だ。

ペンポイントをルーペで観察してみた。0・5ミリはBの設定だろうか。書く字の線幅は広いものになりそうだ。ペンポイントとして合金が好みのかたちに盛ってあるけれど、紙と接する部分があらかじめかなりのところまですり減って平らになっている、というかたちに見えた。二百字詰めの原稿用紙で五百枚くらいの長編を書いたらペンポイントはこうなる、という平らさだ。書きやすさ、という状態を最初のひと文字から体験させたい、という思いが、このような形状のペンポイントになったのか。きれいな半球のままにしてあればいいのに、と僕は思う。充分すぎるほどに使い込んだ状態のペンポイントが、新品だとは。

プラチナとおなじくセーラーという言葉も、商標として子供の頃から知っている。セーラー万年筆の広告を雑誌で何度見たことか。セーラー、と片仮名で書けば、それは日本の万年筆だという反射が、とっくに出来上がっている。その反射が変化したり消えたりすることはないだろう。しかし、セーラー万年筆を自分のものとして持ったことは、一度もない。セーラー万年筆と僕とのあいだに、接点はないままに時間は経過した。

一九五一年の夏から一九五三年の夏まで、僕は広島県の呉市で過ごした。戦争中の東京への、アメリカ軍による激しい空爆からまず山口県の岩国へ逃れ、戦後のごく軽度な転変として呉市にいたのだ。一九五一年のセーラー万年筆は、いまのJR呉線でいく天応《てんのう》という駅から遠くない場所の工場で、戦後の復興をすでに始めたあとの、次の段階に達していた。

呉の旧帝国海軍の軍港のすぐ近くにあったセーラー万年筆の浜田町工場は、何度もおこなわれたアメリカ軍による軍港への空爆によって、壊滅したも同然の状態だった。そこから離れていた天応の工場は被害が少なかった。一九五一年の僕が住んでいた場所から天応まで、一時間もあればいけたはずだ。

『万年筆国産化一〇〇年』という著作は、副題に「セーラー万年筆とその仲間たち」とあるとおり、セーラー万年筆の社業を詳しく記述している。二〇一六年に僕が初めて買ったセーラー万年筆の、驚くべき書きやすさという現在からさかのぼる、創業者である阪田久五郎という人物の生年である一八八三年(明治十六年)までの時間には、社業としての興味つきない過去が充満している事実を、その著作で知ることが出来る。

その歴史のこちら側の突端である現在にいる僕に出来るのは、セーラー万年筆を一度も使ったことがなかった事実が僕にもたらしたはずの、クリエイティヴな損失をめぐって、さまざまに反省することだ。セーラー万年筆という筆記具による書きやすさは、日本文字の書きやすさであり、その書きやすさによって、日本の文字ぜんたいの歴史の一端に触れている、と言っても誇張にはならないと僕は思う。この書きやすさのなかに、日本語の字のすべてがある。

僕がいま持っているセーラー万年筆は次の五本だ。プロムナードのM、一万円。プロフェッショナル・ギアのスリム・シリーズで全長124ミリのM、一万二千円。スリム・シリーズで全長130ミリのM、一万五千円。プロフィット21シリーズのM、二万円。プロフェッショナル・ギアのM、二万五千円。一万円から二万五千円までの五本だ。価格体系の自社的な説明ではなく、実用上の性能の序列としてとらえた場合、たとえば一万円と二万五千円とでは一万五千円の開きがある。二万五千円のものから一万円のものを見ると、そこには一万五千円の落差がある。性能においても一万五千円分の落差がもし確実にあるなら、一万円のものは使い物にはならないのではないか。

買った上で紙とインクとをさまざまに変えながら使ってみないと、自分への適不適は判断することが出来ない。だから僕は買った。21シリーズがたいそう書きやすいとすると、それより五千円安いスタンダード21は、五千円分だけ書きにくくなるのか。このようなことは僕のような素人がまず考えることであり、現実はもっと巧みに構築されて久しい。性能はほとんどおなじだ。21シリーズとスタンダード21だけではなく、僕が買った五本とも、性能はほとんど変わらない。

性能はおなじものに対して、五千円余計に支出することの出来る人は二万円のものを買うし、二万円は出せない人は、事実上の五千円の値引きで、一万五千円のほぼおなじ性能のものを手に入れることが出来る、という構造だ。二万円の客と一万五千円の客のどちらをも、こうして満足させることが出来る。

ある日、東急ハンズの文具売り場の一角で、万年筆を見かけた。目にとまった、という平凡な言いかたが、無理なく当てはまる。インクのならんでいる棚の脇に、丸い小さな穴のいくつもある黒い展示ボードが斜めになっていて、その穴のふたつだけにそれぞれ万年筆が差してあった。僕はその万年筆を手に取った。惹かれるところがあったからだ。

長さはちょうどいい。あとで計測してみたら全長は136ミリで、太さはもっとも太い部分で10ミリだった。軸のうしろの端が直径8ミリだったから、軸のうしろに向けて2ミリ差のテーパーがかかっていることになる。軸の色は緑色だ。悪くない。キャップは光沢のない銀色で、ぜんたいのデザインに余計なものがなく、すっきりとまとまっていた。緑の部分が80ミリでキャップの部分が56ミリというバランスだった。セーラー万年筆のハイエースという機種だ。

このようなデザインの万年筆を、かつてどこかで見たことがあったか、という気持ちになった。そのような色とかたち、そして雰囲気だ。かつてどこかで見たか、とは言っても、過去に向かう懐かしさのような気持ちではなく、ここから未来に向けた日々のなかのどこかで出会うはずの、普遍性が自らの魅力となっているような、そんなかたちと色そして雰囲気なのだ。僕の視線の向かった先は、懐かしさのような過去とは正反対の方向だった。

これでいい、これで充分、したがって、これでこそ、とまで言っていい出来ばえのその万年筆を、僕は二本買った。一本が千円をわずかに上まわる価格だった。セーラーのブルーブラックのインクをカートリッジで入れて書いてみたときの感触には、不思議な魅力があった。紙に字を書くことの基本がどこにあるのかを教えてくれるような魅力だ。感触には硬さがあった。けっして引っかかるのではないけれど、滑らかに紙の表面を滑っていくのでもない感触のなかで、字の画を順番にひとつずつ丁寧に意識させ、書いていく字のひとつごとに、いま自分はこうして字を書いているのだという自覚を新たにしてくれた。

おなじ日におなじ場所で、セーラー万年筆をさらに一本、僕は見つけた。ぜんたいが透明な、万年筆らしいかたちと雰囲気のものだった。プロフィット・ジュニアだ。これにもカートリッジでブルーブラックのインクを入れた。カートリッジのなかのインクが、ペン先の先端に向けて流れていく様子を、外から見ることが出来た。ペン芯もおそらく透明なのだろう。インクがペン芯のいくつもの細い溝を伝わっていく様子を外から見ることが出来るのは、いまのところこの万年筆だけだろう。

ハイエースとよく似た感触だったが、こちらのほうが滑らかさは少しだけ勝っていた。どの字もかならず持っている画のひとつひとつを、明確に意識させてくれる万年筆だ、と僕は理解している。

おなじセーラーによるこのふたとおりの万年筆のペンポイントを僕はルーペで見くらべてみた。ペン先の先端の、下側にあたる部分に、小さな合金の半球をきれいに溶接した、という印象のあるペンポイントだった。二本の万年筆のペンポイントのかたちには、共通したものがあった。ルーペごしにそのかたちを見くらべていた僕は、やがてひとつのことを、かなり遠い時間の向こうに、思い出した。

一九六三年から一九八〇年にかけて、パイロット万年筆にはエリートというシリーズがあり、一九六八年には六機種で、ペンポイントが八とおり用意されていた。そのなかのひとつにシグネチャーというものがあった。太字、サイン用、とカタログには説明が添えてあった。

まだクレディット・カードのはるか以前、サインなどに僕は用はなかったけれど、日系二世の知人はサイニング・ペンと称して持ち歩き、愛用していた。彼がその万年筆でサインするのを見た僕は、書きやすそうな万年筆だ、自分もこれで字を書いてみようか、と思ったのと前後して、月刊誌『文藝』の編集部にいた頃の杉山正樹さんが、黒いインクでおなじサイニング・ペンを使っているのを見た。杉山さんは字のうまい人だった。達筆な続け字を万年筆で自在に書いた。自分にはこうは書けないけれど、サイニング・ペンじたいは試してみる価値はあるのではないか、と僕は思った。ある日のこと、上野で仕事を終えた僕は、百貨店に入り万年筆売り場へいってみた。おごそかにならぶいくつかのガラス・ケースの周囲に客はいなかったが、サイニング・ペンはあった。

これを下さい、と言ってそれを買い、ついでにカートリッジで黒インクも買い、自宅で試してみた。なかなかいいではないか、と僕は思った。ペン先のすぐ上の、として誰もが認識する位置に指を添えて、字画を原稿用紙の枡目いっぱいに引きのばした字を、当時の僕は書いていた。

大きな字は楽に書くことが出来た。だから僕はこのサイニング・ペンを使い、持ち歩いてもいた。いい万年筆を持ってるね、と年上の編集者が目ざとく見つけ、たまたま持っていた自分の会社の原稿用紙に試し書きし、いたく気に入った様子でしきりにその万年筆を愛でる彼に、僕はそれを進呈した。

おなじようなことがもう一度あり、僕は三本目を買いにいき、さらに二本は買った記憶がある。どれもみな誰かに進呈したのだろう。大きな字を書くことは出来るけれど、自分にとってはいまひとつだ、とでも判断したのだったか。

サイニング・ペンを気に入った年上の編集者たちが試し書きをするときの手もと、さらには杉山正樹さんがそのペンで書いていたときの様子を、当時の僕がいま少し注意深く観察していたなら、彼らの誰もが、軸の上のほうを持っていたことに気づいたはずだ。僕が持つ部分から少なくとも20ミリは越えた、30ミリ目にかかるあたりに、人差し指を軽くかけていた。ペンポイントから計測すると45ミリほどのところに人差し指をかけ、独特な軽さのある滑らかなリズムで、続けぎみの字を書いていたのではないか。

もっと上のほうを持って書いてみたらどうか、となぜあの頃の自分に、僕は言えなかったたか。ペン先のすぐ上を持ち、枡目いっぱいに字画を律儀に引きまわすためには、持つ位置はそこが最適だったのだろう。そのような書きかたではなく、ごく無理のない、おおらかなペンポイントの動きの結果としての、直線と曲線による象形に近い大きな字を書いたらいいではないか、となぜ気づかなかったのか。

ある日のことふと手に入れた、二本のセーラー万年筆のペンポイントの形状から、僕は五十年前のサイニング・ペンの、シグネチャーと呼ばれたペンポイントの形状を思い出した。ひょっとしたら、といま僕は思う。ひょっとしたら、ペンポイントのあの形状は、自分の書きたい字にとって、好ましいものなのではないか。ペンポイントの形状は、万年筆の軸のどこを持つかを、穏やかに規定する。当時の僕が持っていた位置よりも、少なくとも20ミリは上が、好ましい位置だったのではなかったか。


ヨーロッパやアメリカから輸入された万年筆を分解し、部分ごとに真似て作り、ぜんたいをやがて組み上げる、という方式で万年筆を自分たちでも作ってみることから、日本の万年筆の歴史は始まった。こうして出来てくる万年筆の出来ばえには、当然の理由にもとづいていたはずの、出来ばえの序列があった。いちばんいけなかったのは、一見したところ万年筆だが機能はまったくそうではない、という製品だった。

万年筆を作る会社はたくさんあった。万年筆への需要には、現在の人たちには想像も出来ないほどに、すさまじいものがあったからだ。ほかのいくつかの会社から部品を買い集め、自分のところではそれを組み立てるだけ、というような会社から順に淘汰されていったようだ。技術が全般的に向上していくと、そのことによって、技術を持たないところは消えていくほかなかった。

ペン先だけは輸入品に頼るという、おそらく最終的な段階をへて、ペンポイントも含めたペン先ぜんたいを自前で作るまでにいたって、万年筆は国産化の段階に到達した。明治から戦争の時代をへて戦後にいたる歴史のなかに、数多くの万年筆の製造・販売の会社が存在した。現在では淘汰の歴史は完成し、三つの会社が健在だ。おそらくどれも一般的に使われている略称だと思うが、片仮名が三つならぶ。プラチナ、セーラー、そしてパイロットだ。

この三とおりの会社があるということは、僕のような初心者にとっては、万年筆には少くとも三とおりのつきあいかたがある、という事実なのだと僕は理解している。たとえばカタログにもっとも数多くの万年筆その他が掲載されているのはパイロットだ。初心者である僕はそのカタログから選んだ。製品はたくさんあるから、選ぶとは言っても、実態は次々に買うことでしかなく、僕はそのとおりにした。カタログで選んでは店頭へいき、あれば買う、なければ取り寄せてもらう、という買いかたをした。そのような買いかたを快適に可能にしてくれる店頭がそこにあったという事実は、僕が実行した買いかたに深く関係している。

カタログにいろんな製品が掲載されているのは、いろんな万年筆をパイロットは作って市場に出しているからであり、いろんな万年筆とは、ペンポイントの出来ばえ、そしてそれぞれの万年筆のデザインの違いという、ふたつの要素の合体を意味する。

BとFも含めて、合計して三十本は買っただろうかと思う現在、ペンポイントの形状を得意のルーペでよく見ろよ、と僕は自分に言うし、万年筆のデザインとはなになのか落ち着いて考えてみろ、とも言う。たくさん買った万年筆のそれぞれを、違うインクでいろんな紙に試してみた。経験的に少しずつ知恵のついているいま、どの万年筆にもおなじインクを使い、三とおりほどの紙つまりノートブックに書いてみる、という段階には到達している。紙とインクそしてペンポイントの、この三つの要素がひとつになる相性の良さ、という状態をどの万年筆でも見つけ出さなくてはいけない。

なぜこんなにたくさん買ったかというと、Mのペンポイント、つまり中字というものを、僕は発見したからだ。モンブラン22とそのあとのペリカンに関しては、何本も酷使したことは確かだが、すべてが遠い思い出であるだけではなく、自分はMのペンポイントで書いている、という認識などまったくなかったことに、いま僕は気づく。

だからこそ、万年筆でメモを書くことにきめて、まずBのペンポイントを買ったのだ。根拠のほとんどない固定観念に頼ったと言うべきか、なにも考えずにただ反射したと言うべきか、僕はBのペンポイントを選んで購入した。

ペンポイントがBなら大きな字を書くことが出来る、と僕は単純に思った。大きな字とは、この場合、字の線の幅が広いことを意味する。線の幅が広いとは、紙とペンポイントとの接触面積が広いということであり、すでに書いたとおり、この接触面積の広さが、次の字へ、さらに次の字へと動いていかなければならないペンポイントに対して、ブレーキをかける役を果たす。このブレーキの利いた感覚が、万年筆を持つ僕の手に、そしておそらくは全身に、フィードバックされてくる。Ｂのペンポイントによって書かれていく字を見ながら、これは自分の好みではない、と僕は思った。Ｂというペンポイントは、どんなことのために使うともっとも好ましくその機能をまっとうするのか。Ｂの実用性に関しては、このように後日の課題が残った。

僕はＭのペンポイントのついた万年筆を使ってみた。そのときの感触の、なんという良さであることか、というような言いかたにしてみる。これはＭのペンポイントだ、と認識した万年筆で字を書くのは、おそらく初めてのことだ。だから当然のこととして、これは初めて体験する感触だ、と僕は思った。紙とペンポイントとの接触が、万年筆の動きに対する抵抗となっていない。むしろその逆に、万年筆の動きを先へ進ませるような働きがペンポイントにある、と感じる。ほどよい太さで均一の線が書ける。

均一のほどよい太さの線が書けるとは、紙とペンポイントとの接触のしかたが均一であるということだ。蓄積した経験から、いまの僕がなし得る断定を引き出すなら、それはペン先が硬いからではないか。硬いペン先は、大きなペン先なのだ。ペン先は大きいほうが硬さが増し、字は書きやすい。

いくつものMのペンポイントで字を書いてみると、好まないタイプのMも、同時に発見することとなった。字の線幅が一定しないMがあるのだ。紙とペンポイントとの接触のしかたが均一ではないからそうなる。力をこめるとペン先がたやすくしなう。しなうと切り割りが開き、インクの流量は多くなり、その結果として字の線幅は太くなる。力を抜くと、しなっていたペン先は復元し、切り割りは閉じてインクの流量は少なくなり、その結果として字の線幅は細くなる。文字の各部分においてインクの濃淡が発生し、このことが文字を書いていて気になる。まったく気にならない人もいるはずだから、気になるのは僕の個人的な、それゆえに特殊な好みなのだ、と言っておこう。

書きやすいMは何本もあった。しかしその書きやすさは、試し書きをしながら、「いいじゃないか」と言っている段階での書きやすさであり、小説のためのメモを大きな字で自由に書いていく、という世界のなかに置いてみると、不具合とまではいかない、微妙な不一致が浮かび上がってくる。不一致という言葉は、性格の不一致、という使いかたによってきわめて一般的になった言葉だが、不一致とはよく言ったものだ、と僕は思う。一致に不の字をつけてほぼ完全に否定しながらも、一致しない理由は双方にある、と言外に言っている語法だ。不のひと文字は、当事者の双方に作用する。

パイロットのM字をカタログで見ては買い、これもいい、それもいい、と言っている段階の、自分のためのメモを書く万年筆がまだ見つかっていないとき、パイロットのカスタムというシリーズのなかで三段階の序列を作っている三本の万年筆を、カタログのなかに見つけた。カスタム７４３、７４２、そして74の三本だ。カスタムと名づけられたシリーズは他に、８２３、カスタム・ヘリテイジ９１２、91、92、そしてカスタム98とあり、カスタム・カエデを加えてもいい。カスタム・カエデとは楓で作った軸を持つ万年筆、シャープペンシル、ボールポイントの、三とおりの揃いだ。

カスタムという言葉は省略し、番号だけを書いていくことにしよう。キャップをつけた状態で７４３は全長が１４９ミリだ。７４２は１４６ミリ、そして74は１４３ミリと、三本は少しずつ短く、そして細くなっている。ペン先の大きさも計ってみた。ペン先が軸から出ているところからペンポイントの先端までを僕が計測すると、７４３は24ミリで、７４２はそれより２ミリ短く、74だとさらに２ミリ短い。７４３と74とでは全長で９ミリの差がある。全長だけではなく、ペン先ぜんたいのサイズも、順に小さくなっている。万年筆ぜんたいのサイズが小さくなっていくことに合わせて、ペン先も小さくなっていく、という方針なのだろうか。これまでの経験でついた知恵によれば、ペン先は大きいほうがいい。字を書いていくときの感触のフィードバックに、使い心地の良い硬さないしは手応えの良さのようなものを作り出す要素のなかの重要なひとつは、ペン先の大きさだ。

価格の序列はじつに明白だ。７４３は三万円、７４２は二万円、そして74は一万円だ。７４３と74とのあいだには二万円の差があり、これだけの差がそのまま性能に反映されるなら、７４３がたいそう立派に合格だとすると、74はまったくの不合格で当然だろう、などと僕は思うのだが、現実はけっしてそんな単純なことにはなっていない。

M字はどの三種類においても普遍的にM字なのだと僕は思っていたが、これもまた、けっしてそんなことはないのだった。普遍的なM字というものは存在しない。７４３のMは７４３という枠のなかでのMであり、７４２は７４２の、そして74では74での、Mなのだった。三とおりのそれぞれが、字の線幅としてはMである、という不思議な世界がそこにあった。おなじことをすでに書いたが、万年筆売り場のガラス・ケースの前で、二万円の742をじっと見つめながら、さらに一万円を加えて743にするか、逆に一万円を引いて74にしておくか、迷っている人を僕は想像する。

僕が使ってみた感想を簡単に書いておこう。743は、あり得べき最高だと言っていい。ペンポイントが紙と接触するときの感触には、滑らかさとしっかりした手応えが等分にあって、ひとつになっていた。ひっかかりはまったくない。ペン先はしなわない。最適量のインクがペンポイントを介してじつにきれいに、自分の書く字として、紙の上へと移されていく。742も、最高、という範囲になんの問題もなく入るけれど、74だとそれを使うたびに、万年筆とはこういうものなのかなあ、と自分で自分に言い聞かせなくてはいけないかもしれない。

743と742のどちらをも、僕はキャップをせずに使っている。キャップをはずした状態で743は全長131ミリ、742は128ミリだ。僕の手にちょうどいいのは、全長というサイズだけではない。持ったときの質感やぜんたいの重さ、軸の太さ、そしてもっとも太いところから両端に向けてどれだけテーパーしていくかという問題、色、右手の指、特に人差し指の先端のかかりかたなど、多くのしかもいわく言いがたい要素が、おたがいに関連し合ってひとつにまとまった結果の、持ちやすさが、僕にちょうどいいのだ。

ぜんたいのデザインはきわめてクラシックなものだ。そのクラシックさは普遍に到達しているけれど、昔ながらの万年筆そのままのかたちではなく、いまのかたちをしている。いまとは、現在を中心にしてその前後に、五十年はゆうにあるだろう。

万年筆は人がかたほうの手の指に持って文字を連続して書いていくための道具だ。このことだけを考えてみても、日常的な道具でありながら同時に、万年筆はきわめて特殊な道具なのだという事実が、わかるではないか。しかも書いていく文字が思考の結果としてあらわれてくるものだとすると、紙の上にインクによって固定されるまでの過程はたいそうやっかいなものだ。思考の結果として出てくる文章を、つながるべくしてつながる言葉の連続として、ひと文字ずつ、ペンポイントを介して紙の上にインクで移していくという、これを越える特殊なものはないと思えるほどに、特殊な営みのための道具だ。

そこへさらに、この僕という個人の、その内部に蓄積された特殊性のすべてが加わるのだから、どうすればいいのかにわかにはわかりかねるほどに特殊な世界がそこにある。しかし、僕と万年筆をめぐる事態は、特殊性の極北に向かっているのではなく、そのまるで反対の、普遍性としかいまのところは言いようのない世界へと、取り込まれつつあるのではないか。

７４３と７４２のどちらも、キャップをつけずに使っているのは、僕という個人の癖であると同時に、その僕にとっての合理でもあるはずだ、と僕は思う。キャップをつけてもっとも書きやすいバランスとなる、という言葉をしばしば目にするけれど、その書きやすさとは、誰のものなのか。平均値としてのバランスなら、それはそれだけのことでしかなく、僕という特殊性のなかでのバランスは、キャップをつけないことによって達成される。書いていくときの手の動きのなかで、バランスを図っているのだろう。

パイロットのカスタム98はカタログではショート・サイズとうたわれている。キャップなしで１０８ミリ、キャップをつけると１２２ミリだ。これだけ小さく、しかも細くなると、キャップをつけたほうが書きやすくなるかもしれない、と僕は言う。バランスや重心、ぜんたいの重量配分などがなぜ重要になるかというと、日本の文字は画ごとに万年筆を上げたり下げたりしなくてはいけないからだ。たとえばボールポイントのように、上げ下げを気にしなくてもいい、したがって上げ下げは曖昧なままである、ということが万年筆の場合はない。正確な草書体で書ける人は別にして、それ以外の人たちは、上げ下げを常に意識しなくてはいけない。万年筆の適正な重量バランスはそのためのものであり、どこを持つかによって、バランスは変化する。自分にとっての最適なバランスは、ここを支点にしなさい、と他律されるものではなく、自分できめるものだ。

パイロットのカタログに添えられたひと言によれば、743は、本格派の書き味、だ。742は、定番モデル、そして74は、スタンダード・モデル、だ。743の三万円から始まる一万円おきの価格序列は、本格、定番、スタンダードの序列でもある。

定番とスタンダードになんら差はないと思うが、スタンダード、と片仮名で書いたほうが、価格はより安く設定出来るのだろう。本格は頂点と理解していいだろうか。しかも、書き味、と特定した上での本格なのだから、そこにはデザインも加えていいだろう、と僕は思う。本格派の書き味とはなになのか、解明しなくてはいけない。

パイロットにコクーンというシリーズがある。メタル軸のあとに発売された樹脂軸のMは僕の好みで、何本か買った。カートリッジのブルーブラックあるいはブルーを入れて書いてみて、「いいじゃないか」とそのつど言った。743にくらべると価格は十分の一だが性能はけっして十分の一ではない。743や742とはまったく別の世界における、「いいじゃないか」であり、じつはこれがたくさんある、と言うよりも、すべてはこれなのだ。だから万年筆をくらべてはいけない。ただし、自分のものとして使っていくうちに、評価は少しずつであれ所定の位置に収まっていく。

カクノというシリーズもある。コクーンよりさらに廉価だ。コクーンとは繭だろう。デザインのなかに繭がひそんでいるかもしれない、と言っておこう。カクノは「書くの」だろうか。MとFとがあり、キャップの色が何色かある。Mだけを何本か買って試してみた。悪くない。紙との相性、そしてそこに介在するインクが良ければ、大きな字を心おきなく書いて見取り図を作っていくときの、フィードバックされてくる感触は、僕の好みという範囲内への、合格なのだ。ぜんたいの軽さや軸の太さなども、かならずや関係しているに違いない、と僕は思う。

四倍のルーペでペンポイントを観察してみた。743、そして742のペンポイントと似ている、というさらなる発見があった。コクーンとも似ていた。ココクーンも僕の好みのひとつだ。好きになれるペンポイントはどれも似ている、という事実は受けとめなくてはいけないだろう。書きやすい万年筆ならどれでもいい、というわけにはいかないのだ。ペンポイントの形状が似ているから、書くときの感触が自分の好みと大きく重なり、したがって、あ、これはいい、という判断につながるのだ。好きになれるペンポイントとは、なになのか。

自分の書きかたをさせてくれるペンポイントのことだ。万年筆の上のほうを持ち、筆圧は限りなくゼロに近いところで、なんら無理することなく、自由に、大きな字で、常に自分らしく書く、という書きかただ。そしてこのような書きかたには、じつは、多分に問題があるようだ。

フィードとして、これはきわめて特殊なものだ、ということを僕はあっさり認める。万年筆による、ごく一般的な文字の書きかたからは、隔たりが大きい。しかし、僕はそのようにしか書けないのだからそのように書く。そしてそのフィードを、そのままフィードバックとして僕に返してくれて、その結果として差し引きゼロのような書き心地を実現させてくれる、希有なペンポイントが、好みのペンポイントだ。好みのペンポイントは、すべておなじようなかたち、あるいは、よく似たかたちをしている。

パイロットのカスタム743のM、セーラーのプロフィット・レアロのM、そしてプラチナの3776センチュリーのセルロイド・エメラルドのMの三本がどれも三万円であることから、三万円対決という思いつきを得た。この三本に、僕にとっては判定の基準のように機能しているパーカーのブルーブラックのインクをコンヴァーターで入れて、ツバメ、キャンパス、ロディア、クレールフォンテーヌ、そしてLIFEの、五種類のA5のノートブックに書いてみて、フィードバックされる感触をくらべてみる、という対決だ。

しかし、そのような対決にはなんの意味もない、という判断を僕は下した。価格がおなじ三万円であるというだけのことであり、三本をくらべてみることに意味はまったくない。一本ずつ別の世界を持っているのだから、その世界ごとのつきあいをしなくてはいけない。743のMを三本買って、三とおりのインクを楽しんだほうが、はるかに実用的だ。たとえばパーカーのブルーブラックにブルー、そしてウォッシャブル・ブルーの三種類だ。くらべない、という方針を究極まで追い込むと、到達点はこのあたりとなる。経験の蓄積からふと生まれてくる知恵とは、このようなものでもあるのだろう。

万年筆で字を書くとは、人によって書かれる文字というものが持つ、普遍的なものへと近づいていく営みなのではないか。だからこそ、万年筆で書くためのもっともいいかたち、というものがじつはとっくに出来上がっていて、ペンポイントやペン先の出来ばえ、ぜんたいのデザイン、紙やインクとの相性、持ちかた、書きかたなどにいたるまで、この普遍性へと接近していくための、さまざまな経路なのではないか。

誰をも一律に押し込める枠としてではなく、多くの人がやがては到達する境地の集合体のようなものとして、僕の言う普遍性があり、ひとりひとりがそこへ向かっているのではないか。日本文字を万年筆で書くとは、最終的にはそういうことなのではないか、という気がしてきた。自分だけのために大きくて自由な字で小説のメモを書いていくのは、僕のきわめて特殊で個人的なことのように思えるけれど、それをきわめていく過程は、日本の文字を万年筆で書く営みのなかにある、人によって書かれる文字という普遍性へと接近していく過程なのではないか。

Fとは、なになのか。Fine の略だということはわかるのだが、その日本語訳である細字とは、いったいなになのか。好奇心を満たす、という言いかたがあるけれど、細字とはなにか、という好奇心を満たすには、どうすればいいのか。Fのペンポイントをつけた万年筆を何本か買い、使ってみるほかない。自分は細字をどのように使えるのか、あるいは使えないのか、知りたい。Fのペンポイントで字を書かなくてはいけない理由は、しかし、どこにもない。少なくともいまの僕は、Fを必要としていない。ただし、好奇心はある。それを満足させる過程のなかに、なにか発見があるかどうか。

パイロットのカスタム98のショート・サイズは、キャップをした状態での全長が122ミリだ。見た目にはじつに好ましいバランスをしている。手に持っても、そのことに変化はない。この98には黒軸とマルーン軸の二本があり、それをFで手に入れて、おなじインクを入れてみた。インクがおなじだと、同一のシリーズのなかでの個体差がわかるではないか。経験によってついた知恵のひとつだ。

インクはモンブランのミッドナイト・ブルーにしてみた。ガラス瓶に60ミリ・

リットル入っている。このガラス瓶は以前とおなじ方針のデザインによる造形だが、このようなかたちをいまふうと呼ぶのだろうか。改悪ではないか。以前の造形のほうが良くはないか。これがモダンなら、以前のはなになのか。以前の造形のほうが、現在のこれより、はるかにモダンだったと僕は思う。いくつ空にしたかわからないほど、かつては使った。空き瓶のひとつくらい、なぜとっておかなかったのか。文字を書いていくときの、自分に対してフィードバックされる感触は、悪くないものだった。Fのペンポイントを経由してフィードバックされる感触の一例とは、こういうものなのかと、僕は初めて知った。

細い線の小さな字を狭いところにびっしりと書く、という固定観念ないしは誤解を、自分はFに対して持っているのではないか。なぜなら、大きい字を書くのに良さそうだ、という発見があったからだ。自由なスペースに大きな字で好きなように書いていくことによって、それが展開になっていけばいい、というところはMとまったくおなじなのだが、はっきりした画をひとつずつ丁寧に、ゆっくりと書いていくと、Fのペンポイントを充分に生かすことが出来る、と僕は感じた。急がずに、妙に続けた字にせずに、紙との相性をよく見極めながら。そのように書くことによって、展開が書けるのではないか。展開とは、思いもしなかったものどうしが結びついて、そのさらに先へと向かう力になることだ。

Ｍの場合とまったくおなじに、カスタム７４３、７４２、74と、三とおりのＦを一本ずつ、使ってみた。７４３のＦに対しては、最高、これでいこう、これでいい、という評価をあたえたい。ひとつの頂点をきわめた、という印象がある。ペン先のサイズの大きさとその厚み、そしてＦという小さいペンポイントからのフィードバックが、感触のぜんたいをじつに好ましい硬さでまとめていた。７４３のＦのペンポイントの形状をルーペで見ると、７４３や７４２のＭとはまるで異なっている。そのペンポイントからのフィードバックが好ましいものであるからには、僕は７４３のＦで書くとき、まったく違うフィードをあたえているのだろう。

黒いカートリッジ・インクを入れた７４３のＦは、ツバメの無罫Ａ５ノートブックの、ひときわ白い紙との相性が良い。見取り図、展開図、構造図のようなものに、大きくて自由な字を書き添えながら、線で結んだり、線を引き出してそこに書き加えたり、という書きかたに向いている。

万年筆のペンポイントに普遍的な細字はない。細字あるいはＦという言葉をきっかけにして仮想されたものとして、そのつど細字がある。細字であろうとした結果としての細字、という言いかたをしてみたくなる。仮想された細字はどのように具体化出来るものなのか。

パイロットのカスタム７４３、７４２、そして74の、それぞれのＦは、細字であろうとする順番にならんでいる、と僕は判断している。７４３のＦは良い。使える。Ａ５の白い無罫のノートブックにカートリッジの黒インクで、自由に見取り図のようなメモを書くのに適している。細字は用途をきめるといい。Ｆというペンポイントの汎用性はしかし、さほど高くはないようだ。

７４２のＦはどうか。おなじくカートリッジで黒インクを入れてみた。Ｆだなあ、細いなあ、という感触はあるけれど、嫌ではない。そこまではいかない。しかし、使うにあたっては、使いかたをきめてそれを守らなくてはいけないから、使う人に負担がかかる。

実直に一画ずつ丁寧に書いていくのに、このペンポイントも適しているのではないか。紙によっては良好な相性が得られるだろう。実用になる。内容的にも丁寧に書いていくとき、つまりアクションや状況の順番だけではなく、それらすべてをつらぬく論理の順を追って筋道どおりに書くのに、いいのではないか。文字を書いていく作業そのものには、負担はかからない。

７４３と７４２とのあいだに、使用感上の差異はあるだろうか。明らかにある。では、それを、どうすればいいのか。両者の差を、自分にとっての使い道の違いにすればいい。７４３は使うけれど、７４２はさようなら、となるのではなく、７４２には別の用途を見つけるのだ。

74のＦにはパイロットのカートリッジでブラウンという色を入れてみた。面白い色だ。ただしペンポイントは買ったままでは使えなかった。ごく簡単な作業だが、自分で調整をしたらじつに良くなった。どんな調整をするのですか、と訊かれたなら、調整したのです、としか答えたくない。

ブラウンは校正に最適な色だ、という発見があった。一般的に校正は赤い色でなされるが、この赤という色が僕は好きではない。赤やセピアではなく、もちろん黒やブルーブラックでもなく、ブラウンが校正にはちょうどいい。目立つけれども、うるさくない。ヴァイオレットという色もいいだろう。ペリカンのガラス瓶入りでヴァイオレットがヨドバシでいまならまだ千円しない。74のＦの利用範囲は狭いかな、という気もする。特定の用途を見つけるといい。万年筆のペンポイントとして利用範囲が狭まりきったのが、74のＦかと思う。

７４２のＦと74のＦとでは、ペン先ぜんたいのサイズは明らかに異なるが、ルーペで見たペンポイントに差を見つけるのは難しい。７４２のFと74のFとは、ペンポイントはおなじだ、と言ってもいい。７４２よりもさらに細い細字は作れないけれど、ほぼおなじ出来ばえのものを74と呼ぶことは充分に可能だ、と考えればいい。

万年筆で自分はどのような字を書きたいのか。どのような字とは、いまの僕の場合、どんな書きかたなのか、ということとおなじだ。まず字が大きいこと。この場合の大きさとは、自由度の高さのことだ。数日後には書いた当人である自分にも読めない字では、実用にならない。読めないとは、崩れすぎている、ということだ。だから下手でも崩れなければいい。漢字は可能なかぎり簡素な象形に近く、片仮名は記号、平仮名は金釘流に丸文字を掛け合わせた、自分にとって書きやすいかたちになっていれば、それでいい。

万年筆の上のほうを持つと無理なく大きな字を書くことが出来る、と半年ほどのあいだに経験をとおして学んだ。キャップをつけるために胴軸に刻んであるネジ山の列の、いちばん上あたりに人差し指の先端がかかる、という位置がいまのところ最適だ。ただしこの位置は万年筆によって変化すると思う。パイロットのカスタム742あるいは743を基準に、いまは書いている。

自由に大きな字が書けるとは、ペンポイントに拘束されずに字を書く、ということだ。万年筆にかぎらず、ボールポイントでも鉛筆でも、一般的に指をかける位置に指をかけて書くと、紙と接触する接点であるペンポイントに、書き手は拘束される。ペンポイントに拘束されるとは、小さな字を几帳面に丁寧に詰め込むかのようにならべていく書きかたになる、という意味だ。自由で大きな字とは、このような字の対極にある字だ。

大きな字を書くから、紙はある程度のサイズが必要になる。いまのところA5がちょうどいい。ワープロの横長画面の右側に、一ページずつ立てかけておくことが出来る。横罫のノートブックを使うことが多い。罫の幅は7ミリあるいは8ミリだといいのだが、6ミリの場合は、これは6ミリだなあ、と見るたびに思う。罫線は基本的には無視するけれど、かなり自由な一行おきに書くから、A5の一ページで十八行ほどになる。そして一行は十三字ほどだ。

自分だけのためのメモを書く字だから、自分の字としてもっとも自分らしい字を書いているのではないか。その字はぜひともこうであって欲しい、と願う内容を列挙してみよう。万年筆の性能と直接にかかわる部分だ。字の線幅が常に均一であること。字の線幅が太くなったり細くなったりしないこと。常におなじように書けること。文字のどの画も書けること。これは日本文字を書く万年筆にとっては宿命的な命題だ。インクの流量は常に均一であること。筆圧は可能なかぎりかけたくないので、ペンポイントは軽く滑らかに、ほとんど無音で、紙の表面を滑ること。

筆圧を可能なかぎりかけないとは、僕のほうからのフィードをまず出来るだけ軽くしておきたい、ということだ。フィードとは、概念だけを説明するなら、原材料を製造装置へ供給することだ。原材料のひとつに電力があるなら、給電の「給」がフィードに当る。フィードを数値にすることが出来るなら、僕の場合はその数値は出来るかぎり小さくするのが望ましい。

フィードを軽くしておけば、正比例してフィードバックも軽くなる。フィードバックとは、紙の上に固定された文字へと変わったエネルギーの残りが、入力へ、つまり僕へ、戻されることを意味する。フィードとフィードバックの両端が、可能なかぎり軽いところで均衡することを僕は望んでいる。

筆圧をかけたくないとは、紙に拘束されたくない、ということでもある。と当時に、ペンポイントにも拘束されたくない。文字を書いていく、というフィードを、自分にとっての許容限度を越えた作業として体験したくないし、そのような記憶としても残したくない。フィードとフィードバックとが、文字を書いていく僕にとって、心地良くゼロに近いところで均衡した結果が、紙の上にインクで固定されたメモの文字であるといい。

紙に拘束されない願望は、紙とペンポイントとの接触感が少なくあってほしい、と説明することも出来る。紙に接触しては字を書いていくペンポイントが、紙との接触によってブレーキをかけられる度合いが、一定の限度を越えないことだ。紙の上におけるペンポイントの動きは、思考が文字へと転換されていく現場なのだから。その現場における僕にとっての心地良い好ましさを、僕は求めている。

紙とペンポイントとの接触感が強いと、フィードバックがリアルなものになる、という局面もある。フィードのエネルギーのうち、文字に姿を変えた残りが、僕へとフィードバックされてくる。それがリアルだと嫌だ、と僕は言っている。どういうことなのか。

それを自分は好まないから、自分としてはその外にいたい、ということだろう。嫌だからそれを避けるのだ。なぜ、嫌なのか。そこには自由がないから、と言ってみよう。リアルなフィードバックには、どこか浮いた感じ、というものがない。権威、説得、形式などは、僕が言う自由の反対側にある。万年筆で文字を書くと、その文字はこうなりやすい。リアルなフィードバックの能力を持った書きやすい万年筆は、たくさんある。しかしそのなかに、僕の求める万年筆はない。

ペンポイントの形状が異なれば書く文字も異なってくる事実は、経験で知った。インクを文字として紙の上に移していくための、紙との唯一の接点となるのが、ペンポイントだ。シュナイダーの四倍のルーペでペンポイントを真横から観察する。ペンポイントの形状から、それによって書ける文字とその書き心地を判断することは、五十パーセントくらいなら自分にも出来るか、と僕は思う。

ペンポイントとして自分がもっとも好いている形状、というものは確実に存在する。セーラー万年筆によるプロカラー500という、ペン芯まですべて透明な万年筆には、中細という一種類だけのステインレス・スティールのペン先がついている。このペンポイントの形状が僕は好きだ。理想的なかたちをしている、とまで言うけれど、根拠はほとんどない。

この万年筆で文字を書いてみると、フィードバックには硬さがある。好ましい、という範囲には入る硬さだが、メモを書くために使ってみると、どうなのか。キャップをつけた状態で12・5グラムだ。カスタム742のMがキャップを取った状態で18グラムだから、軽すぎる、という問題がまず起きるかもしれない。一定のペースで実直に文字を書くなら、適しているように思う。すぐにペンポイントはほどよくすり減り、滑らかに書けるようになるだろう。ペンポイントの形状をルーペで見ながら、僕はそう思う。

ほとんどおなじペンポイントが、セーラーのもっと廉価な万年筆にもある。銀灰色のキャップに緑色の軸で、指先をかける部分だけは黒の、万年筆として普遍的なかたちと言ってもいいような造形の万年筆が、おなじペンポイントを持っている。セーラー万年筆の技術者は、なにを思ってこのかたちのペンポイントを作って市販したのか、僕にとっては謎のひとつだ。

カスタム743のペンポイントを真横からルーペで見ると、僕の好んでいるかたちの範囲に入る。ペンポイントの裏側、つまり紙と向き合う側に、合金はなかば球状に盛ってあり、それはペンポイントの表にもまわり込んでいる。742のMのペンポイントもおなじようなかたちをしている。ただし球状のサイズは小さくなる。序列作りの技をここに見ることが出来る、と言っておこう。

パイロットのステラ90SのMのペンポイントも僕の好みだ。カスタム98のショート・サイズのMのペンポイントは、743と742とを順に小さくしていった、さらにその延長にあるペンポイントだ、と僕は感じる。カクノというシリーズのMも、おなじかたちのペンポイントを持っている。

カスタム743、742、ステラ90S、カスタム98のショート・サイズの、いずれもMのペンポイントは、僕が好む書き心地の範囲内に、同心円的にすべて納まる。ペンポイントが紙と接触するとき、球状に盛り上げられたペンポイントは、ショック・アブソーバーの機能を果たしている。現実からのショック・アブソーバーだ。フィードやフィードバックを、現実からなにほどか浮かせる役を引き受けている。したがって文字を書く行為が紙によって拘束されることがない。いわく言い難い、という定型的な言いかたをそのまま当てはめることが出来るが、そうはせずに説明しようとすると、説明のために言葉を重ねるほかない。

パイロットのカスタム743のM、カスタム742のM、カスタム98ショート・サイズのM、ステラ90SのM、カクノのM、コクーンのM。この六種類のパイロットは、ペンポイントの形状が似ているだけではなく、フィードとフィードバックとがごく小さなところで均衡する点でも、共通点がある。たくさんある書きやすい万年筆のなかから経験によって選ばれた何種類かの万年筆の、ペンポイントの形状とその性能が似ている、という発見の面白さを僕は受けとめている。

書きやすい万年筆はたくさんある。試し書きしているかぎりでは、どれもみなたいそう書きやすい。しかし、どれもが僕によって選ばれるかというと、けっしてそんなことはない。僕という特殊性を許容する能力がペンポイントにあるかどうかが、ただちに問題となる。僕という特殊性を許容する能力がなければ、試し書きでどんなに書きやすくても、それらの万年筆は僕の選からは落ちていく。たいそう残念なことだ。これほどたくさんの書きやすい万年筆をどうすればいいのか、という気持ちになる。もっとも適したインクを添えて、知人や友人に進呈すればいいのか。

プラチナ万年筆の3776センチュリーのMがその性能として持っている書きやすさは、特筆に値する。ペンポイントに溶接してある合金をルーペで見ると、ペン先の先端に率直に沿ったかたちに溶接してある。たいした根拠はないままに、おそらくそのせいだろうと僕は書くけれど、紙からのフィードバックはきわめてリアルだ。僕にとって書きやすく書く、というフィードに対して、紙からはリアルなフィードバックがある。リアルなフィードをするなら、フィードバックのリアルさと均衡するのではないか。いま僕が思いつくのは、司法試験のなかにある、論述によって解答する形式の設問に解答するとき、その論述に用いる筆記具は、万年筆であることが求められているという。３７７６センチュリーは、この論述に最適だと僕は思う。ペンポイントはＭよりもＦのほうがいいだろう。

僕が小説のためのメモを万年筆で書くとき、まずフィードそのものがリアルさを大きく欠いている事実に、いまようやく気づいた。ペン先の先端にあるペンポイントが、フィードを引き受けるにあたって、ショック・アブソーバーの役を果たし、筆圧をかけないこととあいまって、リアルさをおそらく限度いっぱいまで抑える。そしてフィードバックのときにも、ペンポイントはリアルなショックを限度いっぱいに中和して僕の手に戻す、という機能を発揮する。

物事には論理的な順番がある。まず最初のフィードそのものが、僕という特殊性においては、限度いっぱいにリアルではない。字を書くいちばん最初に、少しだけやっかいな問題があるのだ。少しだけ、と書くにあたっては、充分な根拠がある。少しだけの問題だからそれは克服出来る、という根拠だ。

僕がペンポイントに求めているのは、好みの字が好みの書きかたで、ストレスなしに書けることだ。好みの字がどのようなものなのかは、すでに書いた。第三者の間に流通させるための字ではなく、自分だけのための字だ。漢字、平仮名、そして片仮名と、どれもペン習字における上手な字を目ざしてはいない。漢字はごく簡素な象形だ。それを大きく自由に書きたい。簡単なひと言で評するなら、それらの漢字は金釘流だ。平仮名は手間のかからない範囲での丸文字、そして片仮名は、長短さまざまな直線を用いた図形のようなものであるのが、もっとも好ましい。

書きかたは、筆圧を可能なかぎりかけず、几帳面にきっちりならべる字ではなく、明らかに乱高下する大きな字を、気のすむような筆致で書きたい、という書きかただ。これらすべての希望がかなえられるかどうかが、ペンポイントというごく小さな一点の出来ばえにかかっている。

ペンポイントはペン先として万年筆についてくるのだから、ペンポイントを選べば万年筆は自動的にきまってしまう。だからペンポイントが好みなら、それがペン先としてついている万年筆を自分の万年筆とするほかない。そしてインクをきめる。インクとペンポイントの両方にとって、もっとも相性のいい紙を選ぶ。パイロットの743のMを二本に742のMを二本だと、合計で四本になる。せっかくだからインクを四とおりにすると、紙も四とおりになる可能性がある。三本ずつにしたら合計で六本になるが、六本の万年筆のために六とおりのインクと六とおりの紙を用意する作業は、現実的ではない。万年筆とインクと紙の相性をめぐって、一覧表を作らなくてはいけなくなる。

好みのペンポイントはいくつか見つかるに違いない。紙とインクとペンポイントをどれもひとつにきめたいという願望と隣り合わせに、いくつものペンポイントとインクと紙を使い分けてみたいという願望もあるが、使い分けは僕の性格と合致しないだろう。

ひと目見て、これは金塊だ、と思う人は多いだろう。インゴット、という言葉を使う人もいるのではないか。金の合金の塊だ。この合金を使ったペン先には、

14K、18K、21Kなどと、刻印されている。数字は金の含有量だ。

　金ペンのペン先をインゴットから作り出すには、一例として厚さ16ミリのインゴット一個を厚さ0・5ミリの板へと圧延しなくてはいけない。圧延機のローラーのあいだを通す回数は百回を超える。途中で硬くなるから熱を加える。80ミリほどの幅の板金にして、そこからペン先を打ち抜く。ペン先が一本ずつ向き合うかたちになったすぐ横のまんなかに、ペン先が一本だけあり、ふたたび二本が向き合い、その隣に一本だけ、というパターンの繰り返しで、打ち抜いていく。千本から千五百本のペン先がとれるそうだ。打ち抜いたあと、その出来ばえをひとつずつ検査する。厚みは書き心地に影響する。0・5ミリの誤差は、あってはいけないとんでもない誤差だ。傷、歪み、捩《ね》じれなどの有無を、ルーペごしに確かめていく。

　イリディウムとオスミウムの合金である、イリドスミンという金属の粉末に瞬間的な高熱を加えると、イリドスミンは溶ける。溶けて表面張力が働き、ぜんたいが球状になる。そしてそのままのかたちで冷えていく。直径20センチほどの、底の平たい金属製のトレイに、冷えたイリドスミンの小さな丸い固まりをいくつも載せる。トレイを手前に傾けると、きれいな球状になったイリドスミンは手前へ転がってくる。かたちがいびつであるがゆえに転がらないものは、ふたたび高熱で溶かし球状にする。検査に合格したイリドスミンの小さな粒を、顕微鏡で調べて厳しく選び分ける。

この球状のイリドスミンを、ペン先の先端に、専用の装置で電気溶接する。溶接されたかたちをルーペで調べる。かたちの良くないものを選び出し、残ったペン先に刻印がなされ、ペン芯とひとつになるための成形がおこなわれる。刻印は、ブランド名、シリーズ名、それに14K、18Kなどの文字だ。刻印によってペン先は影響を受ける。好ましい方向への影響となるのではないか、と僕は感じている。

ペン芯とは、ペン先の裏側で、ベン先に抱き込まれたように一体となって軸にはめ込まれた、樹脂製の部品だ。インクの溝と空気の溝とが複雑に刻まれていて、一定量のインクを常にペンポイントへと供給するための重要な部分だ。

軸に取りつけられたペン先を正面から見ると、ペン先がペン芯に沿って丸まったかたちをしているのと、折り曲げられた両端を別にすると、ぜんたいとして平らな印象を受けるものとの、ふたとおりに分けられるようだ。平らだとペン先はしなう傾向があり、丸いとしなわず、したがって感触は硬い、と言われている。

ペン先の先端に溶接されたペンポイントは、その出来ばえによって厳しく選別されたあと、ひとつひとつ研いでかたちを整える。このようなかたちにする、という設計図がペンごとにあるはずだが、担当する作業員の指先の感覚と目測の正確さが、勘という一点に集まって判断の基準を作る、という世界だ。

ペンポイントのかたちが整えられたペン先には、次の段階で切り割りを入れる。厚さが0・14ミリという円盤状の砥石カッターが高速で回転するところへペンポイントをその先端から当てがい、ペンポイントからハート穴まで一直線に切る。ハート穴はさきにのべた成形と刻印の次の段階で開けられるのではないか。742だとペンポイントの先端から10ミリのところにある小さな丸い穴だが、3776センチュリーではものの見事にハートのかたちをした穴だ。

ペンポイントの先端からハート穴まで、一直線の切り割りが入れられる。ごく小さいペンポイントの先端のまんなかから、ハート穴の中央に届く直線でないといけない。たとえばその直線がハート穴から少しそれたなら、そのペン先は、それ以上の工程には進むことの出来ないものとして選別される。カッターで直線が切られていく様子が、拡大されてモニターに映し出される。

切り割りを入れたペン先はひとつずつルーペで検査される。傷の有無や、一定の加重で切り割りが一定の間隔まで開くかどうか、といった検査もある。切り割りされて開き過ぎたペン先は、寄せ、と呼ばれている指先の作業で、開きすぎた間隔をせばめる。ルーペで確認しながら、ひとつずつおこなう作業だ。ペン先が開き過ぎていると、インクの流量が多くなりすぎる。逆も真だ。新品の万年筆のたとえばFは、インクの流量の少ない場合が多い。だからペン先をほんの少しだけ開くように調節すると、じつに書きやすいFになったりもする。

他の部品と組み合わせて一本の万年筆になる、という段階へやっと到達する。回転するゴムのグラインダーで、一本ずつペンポイントをさらに整える。インクを入れずに紙の上で書いてみる。ひっかかり、音、滑らかさ、指に伝わってくるフィードバックの感覚など、正確に判断しなければならない点は多い。

こうして出来上がる万年筆は、一本ずつ違っていて当然だ、と僕は思う。ほとんどおなじだが、まったくおなじとは言えない範囲内の微細な差が、一本ずつ確実にある。個体差という言葉は好きではないし、ここでは使ってはいけないと僕は思う。しかし、一本ずつ、きわめて微細な差はあり、それは万年筆として素晴らしいことだ、と僕は判断している。

軸の細い毛筆でも、毛筆として束ねられた毛の数は、何本あるのかにわかには見当もつかないほどに、その数は多い。細くてほどよくしなりのある毛を、何本

郵　便　は　が　き

恐れ入ります
すが、52円
切手をお貼
りください

101-0051

東京都千代田区
神田神保町 1-11

晶　文　社　行

◇購入申込書◇

ご注文がある場合にのみ
ご記入下さい。

■お近くの書店にご注文下さい。
■お近くに書店がない場合は、この申込書に
直接小社へお申込み下さい。
送料は代金引き換えで、1500円(税込)以上
お買い上げで一回230円になります。
宅配ですので、電話番号は必ずご記入下さ
※1500円(税込) 以下の場合は、送料530
(税込) がかかります。

(書名)　¥　(　)

(書名)　¥　(　)

(書名)　¥　(　)

ご氏名　㊞　TEL.

ご住所　〒

晶文社　愛読者カード

お名前《ふりがな》　　　　（　　歳）　ご職業

ご住所　　〒

Eメールアドレス

お買上げの本の
書　　名

本書に関するご感想、今後の小社出版物についてのご希望などお聞かせください。

ホームページなどでご紹介させていただく場合があります。（諾・否）

お求めの書店名		ご購読新聞名	

お求めの動機	広告を見て（新聞・雑誌名）	書評を見て（新聞・雑誌名）	書店で実物を見て	その他
			晶文社ホームページ〃	

ご購読、およびアンケートのご協力ありがとうございます。今後の参考にさせていただきます。

も数多く束ねることによって、束ねられた毛のなかに、墨汁をためておくことが出来る。その墨汁を、先端の毛先から紙の上へ、文字として移していく。毛筆のこのような構造を、ペンポイントを溶接した先端からハート穴まで、まっすぐに細く切り割りされた二本のペン先へと変化させたものが、万年筆だ。毛筆が束ねた毛のなかにたくわえていた墨汁は、万年筆では軸のなかに入れたインクとなった。万年筆とはこういうことだ。

軸のなかに入れたインクは、一定の量で、常に、ペンポイントに供給されなくてはいけない。そのためにペン芯やハート穴が工夫された。流れ出るインクを紙の上で文字に換えるにあたっては、ペン先と紙との接触が問題となった。合金を溶接してペンポイントが可能になり、そのペンポイントは、先端からハート穴まで一直線に切り割られた。ペン先ぜんたいのなかで、文字を書くために機能するのはハート穴から先であり、ここが二本のペン先となった。二本で充分だからだ。

これから書こうとしているひとつの小説のために、その始めから終わりまでに関して、下書きとまではとうてい言えないにしても、少なくともぜんたいを見通すことの出来るメモを書きたいと僕が思うのは、物事には順番がある、という単純な原理にすべてを負っているからだ。物事の順番を無視するわけにはいかない。

　小説が始まったとき、すでにその物語は始まっている。始まっている物語を、どこから書き始めるのかという、最初の順番をきめなくてはいけない。人物たちが登場する。どの順番であらわれるかは、それこそ、物事には順番がある、という原理の具現のようだ。人物たちは行動する。それにも順番がある。行動には思考がともなう。ここにも順番がある。正しい順番で重ねられていくことによって、人物たちの思考は物語の展開を作り出し、そこに彼らのアクションのすべてが付随する。心の動きもアクションも、じつは物事の順番という原理にしたがっている。

　ストーリーが展開していく順番には、登場する人物たちの思考の順番が深く関係している。なにをどの視点からどのように考え、どこをどう経由してどこへ至ったか、というような展開を生み出すのは、すべて人物たちの思考だ。そしてここにも順番がある。ストーリーのぜんたいをつらぬく道筋という論理の順番だ。思考とアクションの順番を間違えないように。論理の道筋が正しくとおっているように。このために、ぜんたいをメモに書いてみる。書いたメモを読み返すことはまずない。なぜなら、書いていく途中で、これはおかしい、と気づいて修正するから。書いていく当人の頭には、書いていく端から、その物語の論理が移植されていく。その論理になんらかのかたちで反するようなことがメモに書いてあれば、これはおかしい、とすぐに気づく。こうはならないはずだ、と当人は考える。では、どうなればいいのか、当人はさらに考え、ほとんど一瞬のうちに正解を引き出すはずだ。

登場人物たちのアクションと、それが体現するその物語の論理を俯瞰するために、メモは存在する。すべての展開はその論理の道筋の上にあることを、あらかじめ確認するために、メモはある。

僕がなにのために、どのような字でどんなことを、万年筆で書きたいのかに関しては、すでに述べた。万年筆は上のほうを持つといい、という発見についても書いた。パイロット７４２のM字の場合、ペンポイントから43ないしは44ミリほどのところに、人差し指の先端が位置するといい。上のほうを持つといい、という発見は、日本文字の書きかたの基本と深く関係している。

日本の文字は、書き順のとおりに、一画ずつ書いていく。ペンポイントを紙のまずどこに降ろすか。そこからペンポイントをどこへ動かしていくか。さらにそこから、どうするか。このような作業が連続する結果として、日本文字はひとつずつ紙の上に固定されていく。草書体で書いても基本はおなじだろう、と僕は思う。

毛筆で墨を使って半紙に文字を書く練習のとき、筆の持ちかたを教えられた。持つべき位置は自分が思うよりもはるかに高いところにあり、なぜこんなに高いところを持つのかと、そのときはそのことがまず不愉快だった。

毛筆で字を書くときには、筆の上のほうを持たないと自由がきかない。万年筆でも、状況によっては、おなじことが言える。万年筆のペン先が軸にはめてあるすぐ上に指先をかけて持つと、几帳面な小さい字をきっちりと詰めて書くのではないかぎり、不自由であるという発見を僕はした。どのような字を書くかは、紙との距離の取りかたが大きく関係している。

毛筆の上のほうを持ち、たいへんな速度で自慢の文字を書いていた母親を僕は思い出す。あんなふうに文字を書きながら、母親はなにを思っていたのか。僕の場合は、いま頭で考えたことが次の瞬間にはそのまま、紙の上で文字になっているのがもっとも好ましい。万年筆で僕が書いていく文字は僕の思考なのだから。

メモのために僕はその文字を横に書いているけれど、そのことにさほどの意味はないようだ。横に書くことによって、日本文字に内蔵されている縦の秩序が、なにほどか中和されることはあるかもしれない。なにほどか中和されることによって、思考はより自由になるだろうか。字を書いているのではなく、考えを書いているのだから。

自由なメモの文字を横書きすることによって、縦の秩序から僕を解放することすら可能にしてくれる万年筆が、探せば見つかるのだから驚くほかない。パイロットのカスタム７４３と７４２の、いずれもＭだ。どちらも軸の色は黒とディープ・レッドの二本しかないので、どちらも一本ずつ、合計で四本のところに、京都で買った黒い軸色のおなじく７４２のＭが加わったので、いまのところ五本もある。

僕が万年筆で書きたいと願っていることは、特殊だとは言わずにおくなら、きわめて個人的なものであることは確かだ。このきわめて個人的な要求に応えてくれる万年筆があるとは。売っている店へいき、これをくださいと指さして代金を支払うなら、それは自分のものになるのだからさらに驚く。

しかし、書きやすい万年筆はたくさんある。次々に買っていると、十本、二十本と、書きやすい万年筆は数を増やしていく。三十本に達するのは、あっと言う間だ。これをどうするの、と自分が自分に訊く。いずれも書きやすいのだから、あるがままにしておくほかない、と僕は答える。しかし、それでは答えにはならない。

自分はひとりだ。文章を書く自分はなおさらひとりだ。そのひとりに対して、万年筆はたくさんある、という状態は正しいのかどうか。どれをも使っていく、というありかたのすぐ隣に、これときめた一本を使う、というありかたがあることに、ほどなく僕は気づく。

書きやすい万年筆が手もとに三十本になるのは、あっと言う間の出来事だ、とついさきほど僕は書いた。三十本と百本とのあいだに、さほどの差はない。書きやすい万年筆はたちまち百本になる。このなかから一本を選ぶなら、九十九本が選ばれずに落ちることになる。残念なことだが、一本を確定しないことには自分もまた不確かなままだ、という現実を相手にしなくてはいけない。万年筆の問題ではない。自分の問題だ。

確定された一本の万年筆で文字を書くと、ああ、これが自分だ、とはっきり感じることが出来る。確定された一本のなかに自分がある、という言いかたをしてもいい。小説のためのメモなのだから、本番の原稿を手書きする場合に比べると、自由度ははるかに高い。メモのための文字を書いていくときに自分の手に伝わる感触が、自分の好みと一致していないと、自由は感じられない。自由とは、自分の好みなのだ。万年筆だけの問題ではない。

ノートブックに万年筆でメモのための字を書くとは、これもすでに書いたとおり、フィードとフィードバックの関係だ。フィードに正比例したフィードバックを誰もが手に受ける。フィードを正しく反映させたフィードバックだ。書いていくときに自分が受けとめる感触のすべてが、フィードバックなのであり、それはフィードのごく正しい反映なのだ。

そのときの自分が書いた字、そのときの自分の書きかた、そのときの自分の思考など、自分のすべてがそこにある。そこに重なるのは、ペンポイントの出来ばえ、紙とインクとそのペンポイントとの相性、万年筆ぜんたいの出来具合など、微細ないくつもの要素だ。その結果として、フィードバックはきわめて具体的なものにならざるを得ない。そしてその具体性のすべては、一本ごとに微妙に異なる万年筆、というものに収斂する。

ある夏の日の午後、ふとした時間の隙間で、自分の字を第三者の字と比較してみる、という暇ネタを僕は思いついた。思いついたら実行してみるに限る。五十代なかばの現役編集者で、大学を卒業して以来ずっと編集の仕事を続けてきた男性からの、一筆箋がたまたま手もとにあった。右下になぜか和風の妙な図案のある縦長の紙だ。そこに黒いフェルト・ペンで縦に五行、編集者の字が書いてあった。フェルト・ペンはたいそう書きやすいものに思えたが、それは僕が勝手にそう思っただけであり、そのへんで売っている百円くらいのものです、とその編集者は言っていた。

彼の手書きした文字について、ひと言で感想をまとめるなら、積年の書き癖が、文字ひとつひとつの識別のしやすさ、つまり読みやすさのなかに、ほどよく中和されている、という事実につきる。そのほどの良さを、四倍のルーペで僕はつくづくと観察した。書き癖はおおむね崩れだった。もっと延びていい部分が延びきっていない、あるいは、きちんと閉じればもっと良くなるのに、なぜか根性不足の様相で閉じきっていない様子などだ。数字を書くと難点がはっきりする。なんという数字なのか、見て判断する人の判断能力にすべてをまかせなくてはいけない、ということになるからだ。きちんと書かれた数字には、そのような判断能力の介入する隙間はいっさいない。

書き癖、つまり崩れは、識別しやすさの内部にとどまっていた。見てすぐに、これはあの字だ、と反射的にわかる。なんという字なのかなあ、と思いながらおも見る、ということのない、編集者の字だ。何卒宜しくお願いいたします、という結びのひと言が、そのようにあるべきものとして、あるべきところにぴったりと収まり、なんら突出していない様子は、しばしの鑑賞に値した。

それが本来は持っている機能を、じつはまったく発揮することのない運命を担うものとして、人からもらった万年筆はその筆頭にあげていい。世のなかでおよそ値打ちのないもの、それは人からもらった万年筆ではないか。

なんの必然性もないままに、あるときいきなり、はい、これ、と差し出されたのを受け取ると、それは自分のものになる。卒業祝い、入社祝い、昇進や栄転のお祝いなど、いまの日本語で言うところのオケージョンであり、進呈する理由は充分にありながら、受け取るほうにはその万年筆を使う必然性はまったくない。

なんの必然もないまま、つまりなんらかの文章をある程度以上の量で日常的に書く、という日々をまったく持たない人の手に、オケージョンにふさわしい三千円から三十万円くらいまでの万年筆のどれかが、手渡される。オケージョンと均衡する価格、体裁の良さ、ほどよい小ささ、扱いやすさなど、贈り物としてのいくつかの条件を、万年筆は自動的に満たしてもいる。

さあ、これからは自分の文字をこれで書くのだ、という根拠のない輝かしさが、ほんのしばらく、彼方に点滅するのを見ることもあるだろう。大事にします、などと言いながら、頭を下げて受け取るけれど、インクは添えられない場合が多いのではないか。ギフトセットと称して、ペンケースやインクがひとつの箱にいっしょに入っていることも、なくはない。

カートリッジが一本だけ添えてあれば、書いてみる、ということのために、そのカートリッジは装着される。カートリッジのインクをペンポイントまで出すには、かなりの手間、つまり慣れを必要とする。うまくインクは出たとして、試し書きを越える必然はなにもないのだから、キャップをして机の引き出しのなかという、もらい物の万年筆にとっての安住の地に、それは横たえられる。自分の机、というものがあればの話だが、とつけ加えておこうか。

三か月もすればカートリッジのインクは乾燥してしまうだろう。部分的に固まってペン芯の溝につまり、インクの流量に不快な変化をもたらすかもしれない。なんだ、もう書けないではないか、となるのは目に見えている。ほとんど毎日、一定量以上で自分の文章を書く、という必然性を持たない人に、一本の万年筆が渡る不幸について思うと、そこには以上のような不毛さだけがある。


万年筆を買うときの注意、という一般論も成立しない。なにのために万年筆を買うのか。文字を書くためだ。では、どんな字を、どんなことのために、どのような内容で、どのくらい書くのか。こういうことがきまらないと、万年筆は選びようがない。

試し書きをしてみる、という一般論もある。インク壺のインクを新品の万年筆のペン先につけ、試し書きのために作られた専用の紙になんとなく文字を書いてみることを、試し書きと呼んでいる。その万年筆のインクの流量がどのようであるか、これではまったくわからない。

ペン先につけたインクがなくなって書けなくなるまで、何度も繰り返して書いてみると、多少はわかるかもしれない。書き始めと書き終わりとの、中間あたりでインクがどのように紙に移されていくかを観察すると、流量を推測することが出来るような気もする。

万年筆売り場のガラス・ケースの上に用意してある試し書きのための紙も問題だ。この紙は試し書きのために製作されたもので、どんな万年筆でも書きやすい万年筆となる魔法の紙だ、と言っておこう。いつも使っているノートブックがあるなら、ぜひともそれに書いてみるといい。ペンポイントとインクそして紙の相性は、試し書きのために用意されているあの紙では、つかみきれない。この程度にしか書けないのか、と驚くほどに相性のない紙は、確実に存在する。その逆に、相性のじつに良い紙も存在するから、試し書きをするなら何種類かの紙を持参するといい。

どこでも手に入るようなノートブックが好ましい。日本のものならツバメにキャンパスだろう。ヨーロッパのものならクレールフォンテーヌとロディアか。この四種類をガラス・ケースの上に広げて、少なくとも一時間は試し書きをするといい。そのようにして試した万年筆が少しでも気に入らなければ、絶対に買わないこと。文句のつけようのない万年筆はいずれかならずあらわれるから。

どのようなことを、どのようなことのために、どのような字で、どのくらい書くのか。この四とおりの「どの」に応える万年筆はどこかにかならずある。この四とおりの「どの」が揃った上で、その人の字が問題となる。字、つまり書きかたは、その字の目的であり、そのときそこでの、その人そのものだ。ペンポイントの出来ばえとその性能が、その人の字の目的という個人性と重なり合う。

一本の気に入った万年筆はきわめて個人的な出来事だ。そこに一般論はない。書きかた、という広い範囲のなかに、書く速度、というものがある。頭のなかで考える速度が、万年筆による字の書きかたに反映される。僕は速く書くのを好む。この個人的な好みに、ペンポイントは応えてくれないといけない。

もうひとつ決定的なことは、仮に書いている、ということだ。書いたものはいくらでも直せる。線で消せばそれでおしまいだ。不足があるなら書き加えればいい。書いたことは、決して決定ではない。いったん書いたことが少なくとも自分に対しては絶対になってしまう人が、思いのほか多いのではないか。

書いた文字は仮のことだ。そのときその場での思考だ。あとで直すことがいくらでも出来る。直す余地はかならずある、という言いかたをしておこうか。万年筆で書いたメモをもとにして、最終的には一冊の本が出来たりもするけれど、それすら決定ではない。

文章を書くとは、自分とはなにか、を問い続けることだ。自分とは、常に、そのときそこにあるものだ。そのときとは、変化の連続だ、ととらえるといい。自分が自分であることは絶対だと思っている人は、その自分に訊いてみるといい。どうして、いったいなにが、どんなふうに、なんのために、絶対なのか。答えは出ない。

いま僕が書くことは、そのときの僕の考えであり、決して絶対という静止したものではない。だからそれは仮のものだ。仮のものであるとは、ひとつのところにとどまらない、ということであり、とどまらないのであれば変化するほかなく、その変化はより良い方向への変化であるはずだが、じつに難しいこの一点に、すべてはかかっている。

桜が満開の日の東京は雨だった。だから僕は傘をさしていつもの私鉄駅へ歩き、下りの電車でひと駅でＪＲに乗り換え、新横浜でのぞみに乗った。二時間後の京都は土砂降りだった。気温は低かった。

京都タワーのかたちは、京都を照らす灯台になぞらえたものだという。そのタワーが見下ろすタクシー乗り場には人がたくさんいた。桜を見に来た観光客だ。外国からの人たちがひときわ多いように思えた。どこで、どのように、どんな桜を、彼らは見るのか。

三十分後には僕たち四人もタクシーに乗っていた。駅前から烏丸通りを上がって七条へ左折した。新町通りとの信号のある交差点のすぐ向こうで、火・木・土が定休の文明商社の前をタクシーは走り抜けた。その日は木曜日だった。タクシーは千本・今出川の交差点へ向かった。僕たち四人とは、僕とのつきあいが四十年になる現役の写真家と、きわめて優秀なロード・マネジメント能力を発揮する五十代の部長男性、そしてなにごとも立会人の女性ひとりに、この僕だ。

そしてふた月後の六月なかば、予報では雨の、しかし曇りのち晴れのような日の、午前十時二十九分に新横浜からのぞみに乗って京都に向かっていると、陽ざしが景色のなかに見え隠れし始めた。京都は晴天と曇天の中間のような空の下にあった。

今度も僕たちは四人だった。前回とおなじく優秀なロード・マネジャーの男性に、編集者の女性、立会人の女性、そして僕だ。つつがなきや京都タワー。タクシー乗り場にならぶ客は、いかにおわすか。その数は少なかった。桜はとっくに終わり、祭りの夏までにはまだ日数があったからだ。

駅前のタクシー乗り場から西洞院通りを七条へ上がって右折し、そのままほんの少しだけ直進すると、本日は営業日である金曜日のお昼過ぎ、文明商社の前でタクシーは停まった。僕たち四人はタクシーを降りて店に入った。タクシーには十五分待っていただけるよう、僕が頼んだ。

万年筆専門店、と書体も鮮やかに書かれた看板が、ショー・ウィンドーのなかの壁に掲げてあった。僕の気持ちとしては、その前に居住まいを正して立って頭を垂れ、柏手を打つくらいのことはしたかったのだが、まさにこの店だ、このような店を探していた、という思いに後押しされて、店内に入った。店主の女性があらわれた。

「パーカーのインクで、ウォッシャブル・ブルーというものは、ありますか。ガラス瓶に入っているいる万年筆用のインクです」

と僕は彼女に言った。

うしろの棚のガラス戸を開いた彼女は、紙箱をふたつ取り出し、ガラス・ケースの上に置いた。パーカーのブルーブラックとブラックの二種類だった。

「いまはこれだけや」

と彼女は言った。

こういうとき、なぜだかよくわからないが、そうか、そうだったか、と僕は思ってしまう。癖のようなものだろうか。ではしかたない、ブルーブラックを買っておこう、と思う僕のかたわらで編集者の女性が、

「あそこにもひとつありますね」

と、店主のうしろの棚のなかを指さした。宣伝の資料その他が積み上げられて斜めになっている上に、ウォーターマンのブルーがふたとおり、パッケージの色が褪せつつ、それぞれに傾いていた。そのうしろに、編集者が指さしたとおり、瓶入りインクのパッケージがひとつ、見えているではないか。

「あれです」

と、さらに的を定めて、編集者が指さした。店主は振り向いた。その紙箱を手に取り、表示を見た。

「ほんまや、もうひとつ。これもパーカーやね」

と言い、彼女はそれをガラス・ケースの上に置いた。僕はその紙箱を手に取っ

た。見たことのないデザインだが、パーカーであることは確かだった。僕は箱の側面を見た。英語、ドイツ語、フランス語、そしてスペイン語で、インク名の表示がしてあった。いちばん上の英語の表示を僕は見た。Washable Blue という表示だった。

やはりここにあったか。ここにはある、と思ったけれど、そのとおりではないか。現在のパッケージに変更される前のパッケージだから、僕は見たことがなかったのだ。この店の在庫となったまま、五年は経過したのではないか。僕は紙箱からインク瓶を取り出し、なかのインクの量を見た。なんの問題もなかった。僕は瓶を紙箱のなかに戻し箱の蓋を閉じ、

「これをください、買います」

と言った。

店主はそれを紙袋に入れてくれた。僕の前にあるガラス・ケースの、下の段のまんなかに、パイロットの742の黒軸が三本、陳列してあった。Mがあるなら買おうか、と僕は思った。すでに二本あったから、三本目は必要ないと言うならそのとおりではあるのだが、と同時に、三本目があることによって生じる不都合も、なにひとつなかった。それに、すでに二本あるとは言っても、一本ずつペ

ンポイントは微細に異なるのだから、二本ある、という言いかたは正しくはなく、一本ずつ二本ある、という言いかたのほうが正確だ。

三本の７４２を取り出した店主は、一本をつまみ上げ、

「これがＭね」

と言った。だから僕はそれを買った。カートリッジのインクが一本、おまけについてきた。ブルーブラックにしてもらった。僕たちは店を出た。そして待ってくれていたタクシーに乗り、ぐるっとひとまわりして再び南から七条に入り、西へ向かった。

梅小路公園の入口近くで丸石という焼き芋の専門店が七条に面している。その前でタクシーに待ってもらい、あと五分で焼ける、と店主の言った熱い焼き芋を、僕たちの誰もが買った。藪から棒、をもじって、藪からスティック、と称した芋菓子をひと袋、おやつとして僕はドライヴァーに進呈した。焼き芋のあと、僕たちは、さらに西へ向かった。御前で七条に面した角に、肉の大川という店があり、ここで全員がビーフカツ・サンドを買った。

タクシーは西大路通りを北へ向かい、二条城の南側をへて堀川に入り、姉小路通りまで下って左折し、姉小路を御幸町通りまでいった。自動車はここまでしか

入れません、すぐそこが寺町通りですからそれを右へいってください、とドライヴァーは指示してくれた。昨年の六月に京都駅からスマート珈琲店へいったときにも、堀川を下って姉小路に入り、御幸町通りでタクシーを降りた。

堀川を下るタクシーのなかから予約したスマート珈琲店の二階で、僕たち四人は昼食だった。メニューのなかから二品を選ぶことの出来る、たいそう良く出来た洋食だ。チキンのグリルがことのほか良い、と編集者の女性は言った。

ロード・マネジャーとしての敏腕さをきわめたような男性が、食事をしながらスマートフォンで検索してウォッシャブル・ブルーを見つけた。瓶入りの十二個が箱入りで八千四百円だという。購入を代行してもらうよう、僕は彼に頼んだ。キーをふたつ三つ操作した彼は、買いました、と言った。

小説のためのメモをこれからは万年筆で書こう、と一年前にきめてから、万年筆をあれこれ盛んに買っていた頃、インクも何種類か買った。量販店ではウォッシャブル・ブルーのカートリッジを見つけた。五箱買ってパーカーの万年筆で使ってみたのだが、早い段階でパーカーの万年筆は選からもれていった。

しかしウォッシャブル・ブルーのインクは使いたい、と僕は思った。使うとしたら三十年ぶりくらいではないか。もっとになるかもしれない。三十本近くあるカートリッジをどうするか。カートリッジを切ってなかのインクをパーカー・インクの空き瓶に移すか。それも悪くない、と思い始めて、瓶入りが欲しくなった。買うほかないのだが、どの店にもなかった。数年前にウォッシャブル・ブルーは製造中止になった、という話をいつかどこかで聞いた。カートリッジはまだ市販されている。だとすれば、小売店の在庫に、あそこにひとつ、ここにふたつ、と瓶入りがあるのではないか。探すほかない。

インタネットの検索でヒットするのもいいけれど、店舗に電話して在庫の有無を訊くのも、独特な味わいのある時間となるはずだ、などと思い始めた頃、桜は満開を迎えた。そして六月の雨が降り、すでに書いたとおり、僕は友人たちとともに京都にいた。その京都には、じつはなんの用もなかった。コーヒーを飲み、洋食を食べ、蕎麦ぼうる、吹き寄せ、酢昆布、焼き芋などを買い、早めの夕食のあと新幹線に乗る、というだけの京都だ。

六月なかば、七条の文明商社でウォッシャブル・ブルーの瓶入りをひとつ購入した次の日、宅配便の配達があった。ロード・マネジャーに届いた十二個のウォッシャブル・ブルーが、彼の自宅から僕宛てに転送されて来たのだ。箱を開けてみた。ブルーが十二個、整然と箱に入っていた。ウォッシャブル・ブルーではなかった。

これはこれでいい、というのが僕のとっさの反応だった。好きな色だ。使えばいい。しかし、解かれない小さな謎がひとつ残った。彼が検索してヒットした画面には、ウォッシャブル・ブルーと表示されていた。それを彼は注文したのだが、届いたのはブルーだった。サイトの表示が間違っていたのか。発送した担当者が間違えてブルーを送ったのか。したがってサイトに掲示してあった箱入り十二個のウォッシャブル・ブルーは、いまも倉庫に眠っているのかどうか。この小さな謎は未解決のままにしてある。

万年筆に関するムック本が何冊か僕のところにある。おそらくそのどれにも、巻末には日本全国の万年筆専門店の一覧表があるのだろう。一冊を手に取ってその巻末を見ると、全国の専門店のリストがあった。北の端から電話をしてみようか、と思った僕は、弘前の専門店にかけてみた。

年配の男性が応対してくれた。パーカーのウォッシャブル・ブルーを探して東京から電話しています、と伝えると、東京のほうがあるでしょう、と言いながらも、あるかどうか見てみましょう、と言って受話器を置いた。そして探し始めた。

探すときのその物音が、かすかに聞こえていた。その音を電話ごしにひとりで聞いている状況は、インタネットの検索では体験出来ないものだ。聞こえてくる物音は僕の内部で期待へと転換されていく。しばらくして、置いてあった受話器を取り上げる気配があり、その気配だけで、ウォッシャブル・ブルーがあったかどうか、正確に判断することが出来る。ない、と僕は判断した。

「いまここにはないですね。パーカーだとブルーブラックとブラックがあって、もうひとつ、ブルーというのもありますが、お探しになってるのは、これではないですよね」

「ウォッシャブル・ブルーです」

「東京のほうがあると思いますよ」

と、穏やかに諭されて、一件は終わりとなった。

秋田の専門店に電話してみた。電話に出た女性は、パーカーのインクのことでお訊ねしたいって、と電話を代わった。男性が応対してくれた。

「ないですね、ございません」

という明快な返答だった。ないものはないのだ、それ以上にはどうにもならない。秋田への電話は終わった。

東京都文京区の専門店に電話してみた。ここにもなかった。台東区蔵前のカキモリという専門店に電話をすると、応対してくれた男性は、

「ちょっとお待ちください、在庫を見てみます」

と言って受話器を置いた。彼が在庫を点検する物音が聞こえていた。期待と緊張を同時に感じた僕は、期待とは緊張のヴァリエーションのひとつなのか、などと思った。在庫を探す音は終わり、受話器は持ち上げられ、あったかもしれない、と思う僕の耳のなかに、

「ひとつありました」

と男性は言った。

代金に送料と手数料を支払うから代引きで送ってもらえますか、と僕は訊いた。送料と手数料の合計のほうが代金より多くなるが、それでもいいのかと、店の男性は心配してくれた。なんの心配もないことを丁寧に述べ、郵便番号、住所氏名、電話番号を伝えると、この件はこれで終わりだった。二日後の午前十一時、ウォッシャブル・ブルーのひと瓶は、代引きの宅配便で僕に届いた。

京都で手に入れたひとつに加えて、蔵前で手に入れたこのひとつで、ウォッシャブル・ブルーは合計で二個となった。パッケージの異なるその二個を目の前にならべて、感銘らしきものを受けとめていた僕に、しきりに語りかけるもうひとりの自分の声を、僕は自分の内部に聞いた。

お前はあれを忘れている。いますぐにお前はあれに気づかなくてはいけない。早くあれを思い出せ。もうひとりの自分がそんなことをしきりに言うのだが、あれとはなになのか、わからなかった。気づけ、思い出せ、などと言うからには、かつての僕が少なくとも一度は体験したことのある、なにごとかだ。

万年筆、そしてパーカーのインクに関係した、なにごとかだ。そしてそのなにごとかを、かつて僕は体験している。自分の過去のなかを僕はさまよった。そして気づいた。そうだ、あれだ。確かに自分は、あれを忘れていた。あれとは、アメ横だった。

アメ横には久しくいってないが、あそこには万年筆の専門店が、少なくとも四軒や五軒はいまでもあるはずだ。パーカーのウォッシャブル・ブルーがあるかないか、そこで訊ねればただちに判明するはずだ。

全国万年筆ショップ・ガイドというページの最初の見開きに、カラー写真つきで紹介されていたアメ横の店に僕は電話をかけた。

「ありますよ」

と、明快な男性の声が僕に言った。

あるならぜひ買いたい、代引きで送ってもらえますか、と僕は訊ねた。送料と代引きの手数料の合計は商品の代金を上まわるけれど、それでいいのかと、僕はこのときも訊かれた。ウォッシャブル・ブルーを僕は三個、買うことにした。

「在庫を確認します」

という彼の言葉とともに、受話器は机の上に置かれた。僕は受話器を耳に当てたままだ。在庫を確認している音が、かすかに聞こえていた。このことを書くのはすでに何度めかだが、インタネットの検索やクリックでは、これは体験出来ない。やがて受話器の取り上げられる気配が伝わり、

「いまふたつあります」

と彼は言った。

「それを買います」

「すぐに取り寄せられますよ」

「では、さらに二個を加えて、合計で四個を買います」

「取り寄せて明日には発送します」

「ブルーではなくて、ウォッシャブル・ブルーです」

と僕は念を押し、相手は充分に承知した。郵便番号、住所氏名、電話番号を伝えて、アメ横でのインク探しは終わった。ペンタックスのMXという一眼レフのデッド・ストックを新品として買ったのが、七、八年前のことだ。それ以来のアメ横での買い物となった。

静かな充足感のなかでしみじみと僕が思ったのは、ウォッシャブル・ブルーの瓶に入ったインクは、これでめでたく六個、つまりハーフ・ア・ダズンではないか、ということだった。

ハーフ・ア・ダズンという言葉、そしてそれが体現している、なにであれそれが六個揃う安心感は良いものであり、この良さにはおそらく普遍性がある、などと僕は考えた。せっかくの普遍性なのだからそのままにしておけばいいのに、そこに僕は個人的な色彩を加えたくなった。だから僕は、全国万年筆ショップ・ガイドを見て、もう一軒、電話をかけてみた。ガイドのいちばん初めに出ていた、丸善日本橋店だ。店に電話をかけ、万年筆売り場につないでもらった。

若い女性の店員に僕は用件を伝えた。

「ちょっとお待ちください、在庫を確認いたします」

のひと言で彼女は受話器を置いた。物音がまた聞こえてきた。引き出しや棚を開けて在庫を確認している作業の音だ。これで何度目になるか。どの場合もおなじような物音だ。つまらない音楽が同時に聞こえてきた。これも僕は受けとめるほかなかった。

在庫が確認されていく時間のいちばん底には、ウォッシャブル・ブルーのインクを僕が最初に使った一九六〇年代なかばからの、五十年という時間が横たわっていた。その上に、さまざまな種類の時間が重なっていた。ウォッシャブル・ブルーを使わなくなってからの時間。使っていた期間に関して記憶している時間。ウォッシャブル・ブルーを思い出してからの時間。ふたたび使うことにきめて探し始めてからの時間。

僕にとってはこうして何種類もの時間が重なっているのだが、棚や引き出しのなかを探している彼女にとっては、今日も会社で仕事をするという日常の実時間のなかでの、いままさにこの瞬間、とも言うべき時間ではないのか。そしてそのような時間を現出させたのは、妙な人からいきなりかかって来た一本の電話だ。

やがて受話器は持ち上げられ、つまらない音楽は途絶え、それと入れ代わりに、

「もし、もし」

と彼女が言う寸前、ああ、ウォッシャブル・ブルーはなかったのだ、と僕は直感した。

「申し訳ありません、いまはもうないですね。パーカーのインクですと、いまはブルーブラックにブルー、そしてブラックの三色です」

「ウォッシャブル・ブルーはもう生産されていませんよね」

「そうなのです」

「小売店の在庫を見つけようとして、こうしてあちこち電話をしているのです」

「はあ、そうですか」

と彼女は言った。それに続いた彼女の言葉は、次のようなものだった。

「見つかってもお使いにはならないほうがよろしいかもしれません。インクは生ものですから」

インクは生もの、という言葉を僕はこのとき初めて聞いた。本鮪のさくや焼き豆腐、ズッキーニや生姜などとおなじく、インクは生ものなのだ。彼女の言っているこことの意味は、しかし、僕にもよく理解出来た。

ガラス瓶にプラスティックの蓋を機械で締めておいても、時間とともにインクのなかの水分は蒸発していく。顔料や染料などはそのまま残る。水分との配合の比率は、二年、三年と経過していくにしたがって、変化せざるを得ない。インク成分は濃縮される、という言いかたをしてもいいのだろうか。

こうして五年も経過したインクを万年筆に入れて使うと、インクの流量は通常ではない状態になる可能性がある。インクは出にくくなる。したがって書きにくい。ペン芯の溝の一部分が詰まることもあり得る。三年くらいなら、実用上はなんら問題はない、と僕は思っているけれど。

「申し訳ありません」

という彼女のひと言で、ここでのウォッシャブル・ブルー探しは終わった。

次の日、アメ横の専門店からの小さな荷物が届いた。なかにあったのは、四個ともきれいに揃ったブルーだった。これはこれでいい、と僕はふたたび思った。ブルーの新品がこれで十六個となった。壮観だ。注文した品物がいま届いたけれど、四個ともウォッシャブル・ブルーではなくただのブルーであること、そしてこれはこれで喜んで購入することを伝えた上で、先日とは別の男性に僕は質問した。

「なにかの手違いでブルーが発送され、ウォッシャブル・ブルーはそのままいまもそこにある、という可能性はありますか」

やや同情的に、それはない、という返事が返ってきた。

「専門店のルートでどこかに在庫が見つかる可能性はありますか」

という質問には、

「訊いてみます」

という返事があった。

「折り返し電話をします」

電話はあった。しかしウォッシャブル・ブルーはなかった。

「製造中止になってから三、四年たってますからね。ないですね。基本的にはブルーとおなじインクです。ブルーのほうが少しだけ濃いブルーですけど」

二個のウォッシャブル・ブルーと十六個のブルー。じつに平和な景色だ。その平和のただなかで僕が思ったのは、一九六〇年代なかばからつい三、四年前までの長い期間、ウォッシャブル・ブルーというインクをじつに簡単に買うことが出来た、という事実だった。

桜が満開だった雨の日と、ふた月後の六月なかば、晴天と曇天の中間のような日との、二度の京都に同行してくれた男性は、ロード・マネジャーとして秀逸であるだけではなく、編集者としてきわめて優れていて、なおかつ、トラッキング・ダウン（いくつもの手がかりを追いつめて見つけ出す、探し出す、つきとめること）の、類まれな名手だ。その名手が電話で僕に言った。

「インタネットで見つけて注文しました。ウォッシャブル・ブルーと表示されていて、パッケージの写真がアップされてますけど、京都で見たのとはまるで違うのが心配です」

京都で見たのは五年以上は前のパッケージで、サイトに掲載されているのはいまも使われているデザインの箱であり、したがってそれは時間的にこちらに近く、それ以外にはなんの心配もいらない、と僕は彼に伝えた。

その僕もインタネットで注文した。パッケージの写真はアップされていなかったけれど、ウォッシャブル・ブルーと表示されていたのはそれでいいとして、ひとつの価格が六百七十円であることには、期待が持てた。ウォッシャブル・ブルーは近年に値上げされて七百円になったが、値上げされる前は六百七十円だったから。僕はこれを二個、注文した。

その二個の注文に対して、取り寄せ中です、という連絡が二、三日後にあった。さらに二、三日後、明日発送します、という連絡があり、一日おいて次の日の午後、パーカーのインクは僕のところに届いた。二個ともウォッシャブル・ブルーだった。これで四個になった。

探索追求者から、ひとつ手に入れました、という連絡があった。次の日、それは届いた。四千九百九十円で、57ミリ・リットルがひと瓶。外国に発注して取り寄せたものだという。時間と価格はそのせいだ。四千円以上が送料なのではないか。外国とは、地球の裏側だと理解すれば、そこから彼を経由して僕のところまで飛んで来るのだから、四千九百九十円はけっして高くはない。ウォッシャブル・ブルーはこれで五個になった。彼が外国のどこへ発注したのか、それは謎のままだ。

知人のひとりがさらに別のサイトを教えてくれた。二年ほど前、偶然にもパーカーのウォッシャブル・ブルーを注文し、なにごともなく無事に手に入れた経験のあるサイトです、と書き添えられて、そのサイトのアドレスをプリント・アウトしたA4の紙を彼は郵便で送ってくれた。これを僕は探索追求者の彼に転送した。このサイトで二個、注文してみてくれませんか、という一筆を添えて。

そして僕は思い出した。パーカーにはかつてパーマネント・ブルーという名のインクがあった、ということを思い出した。僕も使ったことがあった。日本ではとっくに消えたけれど、ヨーロッパではまだ市販されている、という記事をどこかで読んだのは、まだ最近のことだ。だから僕は、このパーマネント・ブルーに関しても、トラッキング・ダウンを探索追求者の彼に頼んだ。

パーマネント・ブルーが小売店から消えて十年にはなるだろうか。ひょっとしたらもっと前だ。入手は難しいかもしれない、と僕は思った。そんな僕を尻目に、という言いかたを採用するとして、彼はパーカーのロンドン本社に連絡し、パーマネント・ブルーについて訊ねた。ウォッシャブル・ブルーとパーマネント・ブルーは、いまはともに作っていない、という返事だったという。

そうか、そのような展開になったか、と僕は思った。僕は想像を始めた。いまの日本のどこかにきっとあるはずの、小さな町だ。いきなりそこへ連れていかれたなら、そこがいったい日本のどこなのか、まるで見当もつかない田舎の町だが、じつは国際空港から自動車で二十分くらいのところだったりする。

四十年くらい前までは、町を構成するすべての要素が、過不足なく機能していた。しかしいまでは、まず町の構成要素に危機的と言ってもいい偏りが生まれ、その偏りはさらに変形しつつ延長されていく途中だ。したがって、町というものが必要とするすべての要素の過不足ない機能など、もはや期待出来ない。田園地帯からなだらかな峠のような丘陵を越えた県道を降りると、その道はT字交差でふたつの方向に分かれ、そのうちの左側の道をいくと、やがて三叉路に出る。その三叉路を右に入ると、健全だった日々の名残りをまだ少しはとどめる町なみが蛇行する道で続いていき、やがて町を出はずれる。ガソリン・スタンドを過ぎると河がある。一級河川だ。その河の橋の手前で町なみは終わる。橋を越えるとすぐ左へ上がっていく道があり、その道は墓地につながっている。

三叉路を右に入ってすぐ左側、町なかを抜けていく道に面して、瓦屋根の木造二階建ての商店がある。季節を問わず布製の庇《ひさし》が、一階と二階の中間から店の前へ斜めに出ている。学用品店だ。町の小学校、中学校、そして高校の通学路にあり、かつては学用品を購入する生徒たちで賑わった。

学用品がまんべんなく揃っている店内の、店の奥へつながる通路の右側、つまりかつてはその店の中心的な位置だったところに、いまもガラス・ケースがあり、なかには万年筆がならんでいる。学校の先生たち、あるいは高校生たちが、かつて万年筆をここで買ったからだ。

町なかを抜けていく路線バスの窓からこの店を見かけ、すぐ先の停留所で降りた僕は、この店まで引き返して来た。店の入口は大きなガラスのはまった引き戸だ。この店に万年筆の在庫がなにほどかあるなら、万年筆に必要なインクも、在庫しているのではないか。かつてはパーカーの万年筆が男の先生たちに人気だった。だとしたら、パーカーのインクも、売れ残っていまもそのままあると言っていい在庫が、経過していく時というものの、底でもなければ表面でもない微妙なあたりに、静かに漂っているのではないか。

ウォッシャブル・ブルーのひと瓶くらい、あるのではないか。ひょっとしたら、パーマネント・ブルーだって、あるかもしれない。縦長のボール紙にブリスター・パックで囲まれて、パーマネント・ブルーのひと瓶が。学校の先生が町の文具店で万年筆を買っていたのは、いまから少なくとも三十年は前の日本ではないか、などと思いながら僕は、店の入口の引き戸に手をかける。僕の想像はここで終わった。

知人に紹介されたサイトに探索追求者が注文したウォッシュブル・ブルーがふた箱、僕のところに届いた。これで七個になった。ほんの二週間前にはただの夢でしかなかったハーフ・ア・ダズンがあっさり実現しただけではなく、ハーフ・ア・ダズンをひとつ越えたではないか。

ウォッシャブル・ブルーの追跡と入手以外にも、さまざまなことを僕は彼に頼んだ。慰労の夕食は当然のことだったから、僕はその席を設けた。この夏のために手に入れたばかりだというカンカン帽をかぶってあらわれた彼は、おみやげです、と言って紙袋をひとつ、白いテーブル・クロスの上に置いた。紙袋のなかに入っていたのは、ひと箱のウォッシャブル・ブルーだった。京都で手に入れたものとおなじデザインの紙箱のあちこちに経年の証があるのを視線で確かめながら、僕はその紙箱を開いた。なかの瓶を取り出してみた。インクの水位はさすがに多少は下がっていたが、実用上はなんの問題もない、と僕は判断した。

こうしてハーフ・ア・ダズン・プラス2はあっさりと実現した。一週間後の夕食の席で、彼はふたたび、おみやげです、と言って紙袋をひとつ、僕の目の前に置いた。驚くなよ、と彼はつけ加えた。つまりその紙袋のなかには、僕が驚くようなものが入っている、ということだ。

パーカーのパーマネント・ブルーがひと箱、その紙袋のなかに入っていた。驚くなよ、という彼の警告を忘れて、僕は箱を見つめて夢中になった。確かにパーマネント・ブルーだ。この箱のデザインを久しく忘れていた。パーカーのインクを僕がさかんに使っていた頃のものと、おなじデザインではないか。

「これがまだ日本にあったのか」

という僕の言葉に、

「ありました」

と彼は答えた。

インタネット上のオークションに出ていたという。僕が想像したとおり、日本のどこか地方の小さな町の学用品店で、在庫として十数年は眠り続けてきた、ひと瓶のパーマネント・ブルーだ。それを発見してオークションに出した人は、三千五百円の値がついたところで、その値をつけた人が落札してオークションは終了、というルールを提示していたそうだ。だから彼は三千五百円で落札して手に入れ、そのひと瓶のパーマネント・ブルーは僕の目の前にあるのだった。

日本じゅうの学用品店を探して歩けば、おなじパーマネント・ブルーの瓶があと三つは見つかるだろう、などと僕は夢想した。いま目の前にあるのが、日本に残った唯一のパーマネント・ブルーなのではなく、少なくともあと三つあるうちのひとつなのだと思うと、目の前にあるひとつは、まさにひとつとして存分に際立つからだ。

紙箱には経年の証がいまや風情へと姿を変えて顕在していた。なかの瓶を僕は取り出してみた。金属キャップをつけたその瓶は、僕が知るかぎりでは、僕がこれまでに手に入れたもののなかで、時代的にもっとも前のものだった。瓶のなかのインクは、その水位が半分ほどまで下がっていた。

その様子を見た僕は直感した。使われないままに時間は経過し、その時間のなかで水が半分ほど蒸発したのだ。なかに残っているインクは、使えなくはないと思う。しかし、これはこのままにしておいたほうがいい、と僕は思った。なぜなら、パーマネント・ブルー・ブラックのインク瓶がいまひとつ、おみやげのなかにあったからだ。キャップが直径35ミリの黒いプラスティックになってからのものので、瓶のサイズは底の横幅で2ミリほど大きくなっていた。底辺でのその2ミリの変化は、瓶の丈の高さにも、明らかに視認することの出来る変化を、もたらしていた。かすかに、しかしはっきりと、瓶のぜんたいはこちらのほうが大きいのだ。

なかのインクは水が完全に蒸発し、インクの染料だけが、いったん溶けたのちふたたび固まったキャラメルのような状態で、ガラス瓶の底や壁面に付着していた。ガラス瓶のなかで水が蒸発しきった状態のインクというものを、このとき僕は初めて見た。

経過した時間、というものが、そこにあった。ひとつのガラス瓶のなかで、インクの水分が完全に蒸発してなくなるまでの時間だ。こうなるまでに二十年はかかっただろうか、と僕は思った。これもまた、このままにしておかなくてはいけない、と僕は判断した。

その夕食の席には、ふたりのそれぞれに美しい女性編集者に加えて、なにごとにも立会人となる女性がひとりいて、彼女がエコバッグから取り出してテーブルに置いたのは、ウォッシャブル・ブルーのひと箱だった。これで九個目だ。夢のハーフ・ア・ダズンをみっつ越えたではないか。

「フランスからです。ブルーはフランスの色ではないかしら。男の政治家でブルーのシャツを着ている人が多いように思いますし、三色旗の青はリベルテでもあります」

と彼女が言ったウォッシャブル・ブルーを、僕は次の日、パイロットの742のMに入れて文字を書いてみた。そうか、これがウォッシャブル・ブルーという色なのか、と僕は思った。パーカーのブルーよりも明らかに淡い、じつに気持ちの良い青い色だ。自分の文字を僕は見つめた。

かつてウォッシャブル・ブルーの瓶をいくつも空にしたけれど、どんな色だったかは記憶していない。京都で手にいれたウォッシャブル・ブルーがその色だと思った僕はうかつだった。表示は確かにウォッシャブル・ブルーでも、万年筆に入れて文字を書いてみたときの色は、年月のあいだでインクが化学変化を起こした結果の、より濃いブルーへと変化した色なのだ。

インクは生ものですから、と電話で日本橋から若い女性の店員が僕を諭してくれたではないか。確かにインクは生ものだ。生ものであるからにはいっそのこと、と僕は思いつく。ウォッシャブル・ブルーをそのまま寝かせておけば、ウォッシャブル・ブルーの五年もの、七年もの、十年もの、十二年ものなど、自在にあり得る。生産されてから三年もたてば、それはれっきとした三年ものであり、それはそのような色として受けとめるべきものなのだ。キャップを少しだけゆるく締めておけば、七年ものの色を三年で出すというようなことも、可能なのではないか。

ウィスコンシン州のジェインズヴィルに、ザ・パーカー・ペン・カンパニーがリアルに存在していた頃のインクのガラス瓶の底には、生産地を示す凸文字がない。このアメリカで作られているのは当然のことだよ、という時代だったのだから、凸文字はなにもないのだ。そしてあるときから、ガラス瓶の底に、メイド・イン・USAの英文字の凸があらわれた。まだパーマネント・ブルーが現役の頃だが、このときすでに、キャップは黒いプラスティックに変わりその直径は35ミリへと拡大されていた。

そのキャップに指をかけてまわすための工夫としては、キャップの周囲に一定の間隔で刻まれた縦の刻みだけだった。やがてキャップの周囲は十三分割され、縦の刻みは並列している二本となり、そのあいだの間隔はすべて、おだやかに窪んでいる造形となった。キャップの頭には、小さなマークとパーカーの英文字が、凸になっていた。ガラス瓶の底のメイド・イン・USAは、あるときから、メイド・イン・U．S．A．と、USAがピリオドつきに変わった。

そしてメイド・イン・U．S．A．は、あるときから、メイド・イン・イングランドに変わった。キャップの直径はいまとおなじ40ミリとなり、瓶の造形は、デザインの方針はおなじまま、そのぜんたいのかたちは完全に変わっていた。人になぞらえると三、四キロは肥った印象があり、キャップが大きくなったのは、顔が大きくなった、と言ってもいい。

そしてさらにいつのまにか、拠点はフランスに移動したようだ。ガラス瓶の底にはフランスと英文字が凸になっている。この凸を信じよう。パーカーのインクはフランスで作っているから、東京でもいま手に入るのは、すべてフランスからの輸入品である、ということのようだ。パーカーのボールポイントの替え芯も、かなり以前から、その金属軸にはFRANCEと印字してある。

ザ・パーカー・ペン・カンパニーはもうとっくになくて、パーカーの名を残していまもあるのは、パーカー・サーヴィセズという会社とドットコムのアドレスくらいだ。アメリカの筆記具メーカーのサンフォードの傘下にあるようで、ニューウェル・ラバーメイドという会社が、日本語でごく一般的に言うときの、本社に該当するようだ。これは東京にもあり、パーカーの本社はそちらですかと電話で訊くと、そうです、という返事がある。ニューウェル・ラバーメイド・ヨーロッパが、欧州における拠点として機能しているようだ。インクの紙箱には、NWLフランス・サーヴィセズという会社名が併記してあった時期もある。

僕の手もとにすら集まってくる、明らかに少ない現物を頼りに見当をつけていくのだから、ぜんたい像はおぼろげに浮かんでくるだけで、曖昧な書きかたしか出来ない。ラバーメイドはアメリカの家庭用品のブランドとして子供の頃からなじんできた名前だが、いまはニューウェルという会社と合体して、いろんなことをしているようだ。すでに書いたとおり、パーカーのインクはいまはフランス製なのだ。もっとも新しいウォッシャブル・ブルーの箱の底に表記されているのは、パーカー・アフターセールス・サーヴィセズという名の会社だ。

万年筆で紙に書いていく文字のうち、その半分はペンポイントによるものだとすると、残りの半分はインクだ。インクとはじつに不思議なものだ。いま簡単に買うことの出来る万年筆用のインクが何種類あるか、見当もつかない。千種類を越えるだろうか。黒、という色だけでも五十種類はあるそうだ。紙はおおむね白く、それに対するインクにはさまざまな色があり、どれにも名前がついている。

自分が万年筆で、ひとつにつながった世界を作る文字を大量に書くとき、インクの色には、視覚をとおして気持ちに働きかける力、というものがあるはずだ、と僕は考える。その色が淡すぎると、働きかける力は弱い。ある程度以上の濃さを持った色でないといけない。と同時に、どんな色でも色ならそれでいい、というわけにもいかないようだ。

視覚をとおして気持ちに働きかける、とたったいま僕は書いた。万年筆で僕が書いていく文字は小説のためのメモなのだから、気持ちとはエモーションであると同時に、それを支える論理でもある。エモーションの展開を論理の筋道が支える、という言いかたをしてみようか。そのような展開と筋道、つまり思考のぜんたいに働きかけて、その働きかけかたが可能なかぎり一定している色となると、もっとも安定しているのはブルーなのか、と僕は感じる。

文字を書くとそこに自分があらわれる。少なくとも書いていく内容には、自分のすべてがあらわになるはずだ。このような面倒な作業にふさわしいインクの色はあるか。ある、と答えるなら、その色は広い意味で青い色だ。どのような青なのか。どの程度までブルーなのか。明るいのか、深い重みをともなったブルーなのか。

青、というひと文字は、学校の先生に教えられたと思う。記憶をたどっていくと、どの文字も人から教えられて知った、という出発点に到達する。人とは学校の先生だ。小学校低学年の、おそらくかなり早い時期に、その他の必須のいくつかの漢字とともに、青も教わった。

青、というひと文字を、先生は空の青さに結びつけて教えた。白いチョークで黒板に、青空、と書いたその文字を、自分は記憶しているような気がする。先生は青空を黒板に書いたけれど、窓辺の席にいた僕が窓から外へのびる視線を上に向けると、晴天の日ならそこには青空があった。この色を青と言うのかと認識したときのその認識は、子供が世界を認識するにあたっての基礎になったと僕は思う。青は認識の色なのだ。認識を思考と言い換えるなら、青は思考の色だ。思考の跡は青いインクによる文字として残る。

相性の良い紙に万年筆で、ブルーのインクを使って自分が書いた文字に感じるのは、その文字が自分という個人によって書かれた個人的なものであることが持つ、良さのようなものだ。個人的、とはどういうことか。そのときの心情のようなものか。ちょっとした表情、なんらかの雰囲気、といったものか。それだけではない、と僕は思う。それらをひっくるめて、書いたそのときの自分の思考としか言いようのない、じぶんそのものぜんたいの痕跡だ。

ブルーブラック、という言葉を最初に知ったとき、そうか、そういうこともあるのか、と子供の僕は思った。ブラックのほうへ大きく傾いたブルー、という理解だったが、言葉の成り立ちから言うと、ブルーとブラックとの結合や溶け合いではなく、時間の経過なのだ。紙に書いたときはブルーだが、紙の上で文字となって空気と触れると、インクのなかの成分が化学変化を起こす結果としてブラックに近い色になるから、ブルーブラックと呼ばれる。音声や字面も含めて、いい言葉だ、と僕は思う。

ブルーブラック、と呼ばれているインクが何とおりあるか。さきほど書いた化学変化があるからこそのブルーブラックから、色としてブルーブラックと呼ぶほかないという理由でブルーブラックとなっているものまで、その色の範囲に納まる色のインクが何種類あるのか、正確に掌握するのは難しい。なぜこれほどにたくさんあるのか。どれも色だからだ。色はそれぞれ微妙に異なる。違う色こそ、ひとつひとつの色なのだ。

色の違いによって、頭のなかから引き出されるものに違いがあるとしたら、じつに楽しい。ブルーは思考の色だ、と僕は書いた。その思考の色をさらに落ち着かせ、深みをあたえたのが、ブルーブラックだ。いい色だ、と感心していると、やがてその感心は次のような地点に到達する。

万年筆インクのブルーブラックのような色が、日本であろうと外国であろうと、社会のなかでその存在が許容されているのは、驚きではないか。ボールポイントのインクに、なぜかこのような色はない。ボールポイントで字を書く世界には、ブルーブラックという色は存在しないのだろう。

どのブルーブラックもいい色だ。パーカー。ウォーターマン。ペリカン。ラミー。モンブラン。シェーファー。きわめて一般的な外国製のブルーブラックでも、これで六とおりになる。どの色もいい色だと僕は言う。いい色であるからには、使いたい。六本のおなじ万年筆を揃えて、この六とおりのブルーブラックを楽しむ、という状態は、じつにたやすく、十二本のおなじ万年筆に十二とおりのブルーブラック、という状態となる。十二が二十四になるのは、これもじつにたやすいことだ。

ブルーブラックはブルーと対になっている、というのがいまの僕の理解だ。発見した、と言いたいのだが、推測が半分ほどはあるから、理解という言いかたにとどめておこう。ブルーブラックとブルーとは、それぞれ単独に存在しているのではなく、対になっている。ブルーブラックはブルーを呼び、ブルーはブルーブラックに応えている。どちらにとっても、それぞれが、前提なのだ。

ウォーターマンのミステリアス・ブルーは、かつてのブルーブラックであると、カタログに表示してある。セレニティ・ブルーは、以前はフロリダ・ブルーだった。ウォーターマンではこのふたとおりのブルーが対の関係を作っている、と僕はしきりに感じる。

パイロット・カスタムの743のMには、黒い軸とディープ・レッドとカタログにはある赤い軸の二本がある。ブルーブラックとブルーの対に対応しているのだと勝手に考え、それぞれにブルーブラックとブルーを入れてみた。四倍のルーペで字をのぞき込んでみた。字の線幅が拡大されると色も拡大される。拡大された色を見くらべてみると、まるで違う色だ。しかしこの二色は対の関係にある、と僕は強く感じる。

ペリカンのブルーブラックとロイアル・ブルー。パイロットのブルーブラックとブルー。パーカーのブルーブラックとブルー。ラミーの、どこにも表示はないけれど、パッケージの紙箱に印刷してある色を根拠にするなら、ブルーブラックとブルーの対としか言いようのない二色は、これが対ではないはずがない、と僕は言う。モンブランだといまはミッドナイト・ブルーという名のインクがかつてのブルーブラックに相当する。これとロイアル・ブルーとが対になる。シェーファー。セーラー。プラチナ。どれもみな対だ。わずかこれだけでも、対であるからにはそれぞれ二本の万年筆が必要だとすると、十八本ものおなじ万年筆を用意しなくてはいけない。

ブルーブラックあるいはブルーという仮の呼称はおなじだとしても、紙に書いてみた字の色は、どれもみな微妙に異なる。異なって当然なのだろう。おなじ材料をおなじ配合で混ぜ合わせるなら、おなじ色のインクになる。おなじ色は、こんなふうにしか作ることが出来ない。だからいろんな製造者がそれぞれにインクを作ると、作る端から色は違ってくる。微妙に違う色とは、なになのか。

ボールポイントを例にとると、考えやすい。ボールポイントのたとえばブルーは単なるブルーであり、どのメーカーのものもブルーはブルーです、ということになっている。微妙な差異を問題にしないブルーが、ボールポイントのブルーだ。万年筆のブルーは、微妙な差異こそ、ブルーなのだ。ボールポイントのブルーが個人と無関係なブルーなのだとすると、万年筆用インクのブルーは、ブルーという色が個人的であることの延長として、いくらでも差異のある、したがって数多くのブルーが、理屈としては際限なく存在する。

モンブランのガラス瓶入りのインクを久しぶりに買った。かつてはブルーブラックと呼ばれたインクだが、いまの呼び名はミッドナイト・ブルーだ。その呼称が箱に八か国語で表示してある。せっかくだから、ブリュ・ノワールと言おうか。アズール・ネグロでもいい。あるいはブル・ネロか。60ミリ・リットルで千八百円、オーストリア製だ。

たいそうな紙箱に入っている、という印象がある。紙箱は良きデザインが必要にして最小限に納まっているのが好ましいのだが。ガラスの瓶は、そうか、こうなったか、と感慨の一種とともに観察する出来ばえだ。かつてのガラス瓶は、インク瓶と同時にその周辺に存在するさまざまな物との共存の関係がデザインの基本だったが、いまのはかつての造形とおなじ方針を踏襲しながら、周囲にあり得るさまざまな物品とは無関係に、このガラス瓶だけを考えに入れてほどこされたデザインだ、と僕は言い切る。

使うときの扱いの良さは、こちらのほうが優れているのかもしれない。キャップは明らかにいまのほうがまわしやすい。かつてはこれがブルーブラックだったと僕は書いたが、書いたときは濃いブルーの色が空気に触れて酸化して黒へと接近していく、という本来のブルーブラックとは、成分も製法も違っている可能性がある。

色は、たいそう良いです、と僕は書くけれど、たいそう良い、という言葉が何種類ものブルーブラックやブルーにそのまま当てはまるのだから、たいそうはいいとして、良い、とはいったいどういうことなのか、僕は言葉をつくさなくてはいけないようだ。

落ち着いた好ましい色だ。とにかく平静に徹する、という方針の色、とでも言えばいいか。単なるインクの色ではない。ものの考えかた、その考えの進めかたなどの、基準を色に移し換えるなら、このような色になるだろうか。変わることのない基準がこの色であり、これが基準として存在し機能することによって、そこからのヴァリエーションがさまざまにあり得る。

モンブランのインクの箱には説明書を印刷した紙が入っていた。読んでみたら思いがけない発見があった。「モンブランの60 mlインクボトルにはインクを最後まで使い切れるように特別なくぼみが施されています」というのは、発見のうちのひとつだった。

ガラス瓶の底が大きく盛り上がり、それによって長方形の瓶は小さい前と大きいうしろとのふたつに、なかば仕切られている。インクが残り少なくなってきたら、残っているインクを小さく仕切られたほうに集めると、万年筆にインクを吸入しやすくなる、という仕掛けであることが僕にも理解出来た。「特別なくぼみが施されています」とは、どこのことなのかと、瓶を手にして真横から観察したら、「特別なくぼみ」を僕は見つけた。小さいほうの仕切りの底が、底のほかの部分よりも明らかに浅く作ってあるではないか。このくぼみに万年筆のペン先の先端を入れるのだ。このくぼみを活用するためには、少なくともひと瓶をほとんど使いきらなくてはいけない。

その説明書によると、モンブランのインクには次のような種類があるという。片仮名のつらなりとなるけれど、次のとおりだ。ミステリー・ブラック。ロイアル・ブルー。バーガンディー・レッド。ラヴェンダー・パープル。トフィー・ブラウン。オイスター・グレイ。ミッドナイト・ブルー。パーマネント・インク・ブルー。パーマネント・インク・ブラック。カートリッジでなかば遊びに買ったものには、アイリッシュ・グリーンやヴァイオレットもある。瓶入りはないのだろうか。「パーマネントインクをご使用の場合には、インクが凝固しやすく、フィード機構にたまりやすいために、特に定期的なクリーニングが必要です」というのも発見のひとつだ。パーマネント・インクとは、紙に書いた文字がほかのインクによるものとくらべて、はるかに長い期間にわたってそのままに保たれるインクだ。だからパーマネントなのだが、パーマネントであるからには顔料や染料が濃いはずで、したがってペン芯の細い溝にはつまりやすいのだろう。

原稿をモンブラン22で原稿用紙に手書きしていた頃、ペンポイントが平らにすり減ると新品に取り替えていた。もうどこにも在庫はありません、と金ペン堂に言われたほどに、モンブラン22は買い込んであった。だから新品に取り替えることに関して、問題はなにもなかった。

インクは基本的にはパーカーのウォッシャブル・ブルーだったが、万年筆を新しくするとき、違うインクを使ってみようか、と思うことがあった。思ったら実行するのが方針だったから、実行のためにはどこかの文房具売り場へいけばそれでよかった。そこにはいろんな種類のインクが在庫していた。

万年筆がモンブランだからインクもモンブランにするといいのではないかと、なんの根拠もなく思った僕が購入したのは、半透明なプラスティックの容器に入った、58ミリ・リットルのモンブランのインクだった。四とおりの外国語で色が表記してあり、英語の表記を見るとウォッシャブル・ブルーではないか。プラスティックの容器に関しては、イン・ジ・アンブレイカブル・コンテイナー、ということだった。プラスティックとは言わずに、「割れることのない容器」と言ったのだ。

パーカーのウォッシャブル・ブルーと並行して、このインクも僕は盛んに使った。プラスティックの容器をいくつも空にした。倒さないように気をつけてくださいい、と言ってくれたのは金ペン堂の主人ではなかったか。少なくとも二度は倒した。書いていた途中の原稿の上に、倒れた容器からインクが広がり、原稿の上だけではなくデスクにも、そして僕のスラックスにも、インクはこぼれ落ちた。倒すことが三度となかったと思う。なぜなら僕は、容器を薄いボール紙の箱に入れたまま、万年筆にインクを吸入させることにしたから。箱の高さのちょうど半分くらいのところで、ぐるっとひとまわり、切り離した。こうしておけばまず倒れることはなかった。

インクの入っていない空の容器と、インクが入ったままでしかも箱つきのおなじ容器が、目の前にひとつずつある。空の容器を僕は指先で倒してみた。簡単に倒れた。上からみると四角、そして前後から見ると正三角形となっている容器の、左右の両面が、正三角形をかたちづくるため、底の中央に向けて斜めになっている。この斜めの側面には、その中央に、底とおなじ平面で、三角の薄い突起がある。左右にあるこの突起だけが、容器をデスクの上でまっすぐに立たせている。

容器の角の部分を指先で押すと、容器は当然のこととして、きわめて簡単に倒れる。支えるものがなにもないからだ。ここからさらに二段階、容器は倒れる。角を下にして斜めに倒れた容器は、斜めになっている側面を下にして、横倒しとなる。ここからさらに、蓋が取ってある口を下に向けて、倒れる。三段階まですべて倒れると、容器のなかのインクはほとんど外に出てしまう。おそらくこのせいだろう、この容器に入ったインクが店頭にあったのは、ごく短い期間だったということ。僕は少なくとも五個は空にした。

思い出すだけではごく曖昧なことしか書けない。だから僕は現物を手に入れてみることにした。ほどよい値段をつけられて、インタネット上の店舗でいくつか売られていることだろう、と僕は思った。そしてその思いは、全面的に訂正しなくてはいけなかった。空になるとプラスティックの小さな容器で、魅力や値打ちはほとんど感じられない。だから多くが捨てられて消えた。したがって残っていないのだ。残っていなければ出まわらない。

ヴィンテージの万年筆その他の関連製品を扱う専門店では、三か月の猶予をください、その間に見つかったら電話をします、と言われたという。オークションのサイトにひとつあるのが見つかった。オークションでは入札ごとに値段が上がっていく。締切り直前の判断とアクションが明暗を分けるという。ただし六千円の値段をつけた人がいたらオークションはそこで終わりで、六千円の人に品物は渡る。六千円の値段をつけてその人は競り落とし、その結果として、箱入りの容器がいま僕の目の前にある。

京都の話のなかに僕の友人の男性が登場する。出版社でいまは部長職を務めている。きわめて優秀なロード・マネジャーとしての才能のほかに、わずかな手がかりを頼りに、広範囲におよぶ知識をPCの駆使能力と結びつけて追い詰め、手繰り寄せ、突き止め、それがなにであれ、ついには手に入れる、という探偵としての才能をも、必要とあらばただちに発揮する。モンブランのインクのプラスティック容器をふたつ、今回も彼が手に入れてくれた。彼の協力がなければ、京都の話やウォッシャブル・ブルーの話がごっそり抜け落ちるはずだし、いま書いているこの部分もほとんどない。

プラスティック製の小さな容器の次にあらわれたのが、これだった、と自分の曖昧な、したがって不正確な記憶を訂正も確認もしないままに、僕はいま書いている。これだった、と僕が言う、これが、いま目の前に、ふたつもある。すでに何度も登場している友人がインタネット上のオークションで手に入れてくれた。

現物を前にして、いろんな角度からそれを観察し、手に持ってさまざまに眺め、そうだよ、これだよ、と言う僕は、これはこんなだったか、と純粋に驚いてもいる。かたちも雰囲気も記憶のなかにはあるのだが、現物を前にすると、そんな僕の記憶などあっけなく吹き飛び、どこかへ消えてしまう。そのかわりに、現物が重さをともなったガラスの三次元として、動かぬ証拠のように、目の前に存在する。

58ミリ・リットル入りの、モンブランのインク瓶だ。愛好者たちのあいだでは、靴型、と呼ばれているそうだ。確かに、靴を思わせるかたちをしている。デザインも製造も日本国内でおこなわれ、従って流通したのも日本だけだったという話は、本当だろうか。インクはドイツから大きなタンクで届き、日本国内の工場でこのガラス瓶に小分けされたという。

思いのほか小さい。小ささを感じるのは、造形がよくまとまっているからだ。ほどよく重いから、文鎮として充分に機能した。書いた原稿用紙をこのインク瓶で、何度となく押さえたではないか。このかたちと雰囲気について、どこから書いていけばいいものか。ガラスの厚みがまず素晴らしい。ガラスの質がいまとは違うのではないか。

キャップがいい。厚みも直径も。そして指先をかけやすくするための造形も。キャップの表面はモンブランのあの雪の結晶のかたちに浅くくぼんでいて、ぜんたいは白く、その白さのなかにMONTBLANCの文字が二行で収まっている。雪の結晶はいまでもまだ白い。

このキャップの中央を垂直にとおる軸を想定すると、その軸に沿ってキャップの下のガラス瓶は、瓶のうしろに向けて傾斜している。万年筆にインクを吸入させるにあたって、この傾斜は有利に働くはずだ、という想定ではないか。万年筆を差し込みやすい、そして、インクを溜めやすい、というふたつの想定だ。

キャップの下にあるガラス瓶の部分は、そこだけなかば独立している、という言いかたが出来る。キャップの直径は29ミリで、その下のガラス瓶のもっとも太い部分は35ミリほどで、ここはガラス瓶がもっとも細まった部分でもある。ここからガラス瓶のおもてに向けて、瓶の造形が広がっていく。

キャップの下の小さな丸い、なかば独立したガラス瓶の部分と、瓶のおもて側の造形とをつなぐ幅35ミリの部分との間は、ガラス瓶の底が横幅いっぱいに持ち上がっている。アメリカの住宅地の、住宅のならぶ前を抜けていく道路には、自動車の速度を落とさせると同時に運転者に注意を促すため、道路の横幅いっぱいに、峰のように直線に盛り上がった部分がある。バンプとしか言いようがないからそれはバンプと呼ばれているが、このバンプがインクのガラス瓶の底にあると思えばいい。インクが残り少なくなったとき、おもて側のインクをキャップの下の小さく丸い部分に、バンプを越えて移すなら、バンプの高さまではインクが満ちるから、万年筆に吸入させやすくなるという工夫だ。インク瓶をうしろに向けて傾けるなら、さらに吸入させやすくなるはずだ。

キャップから瓶のおもて側に向けて75ミリの距離のなかで、瓶の横幅は65ミリまで広がる。そしてそこから35ミリの距離のなかで、左右から直線ですぼまっていき、ひとつの突端に集まる。底のぜんたいは、すぼまると言うほどのことではないのだが、広いほうで25ミリに30ミリの長方形、そしてキャップの下の部分では直径20ミリの半円が、瓶ぜんたいの底であり、ここに向けて、絶妙なカーヴの縁をへて、すべての面が落ちていく。かなり複雑な造形だ。デザインした人は粘土で原寸大のモックアップを作り、何度も微妙な修正を繰り返したのではなかったか。瓶のおもて側の上面は、キャップのすぐ下から突端に向けて、峰が直線でのび、その峰から縁に向けて低くなっていく。そしてこの表面に、白く縁取りされた黄色い紙が貼ってあり、モンブランのマークやMONTBLANCその他、欧文が印刷してある。英文でファウンテン・ペン・インクとある下には、あなたの万年筆を守ります、とある。インクの色はブルーブラックだ。瓶の外から見ると、インクの水位はほとんど落ちていない。工場から出荷されて三十年は経過しているはずだが。

このガラス瓶を、いま店頭で買うことの出来るインクのガラス瓶とならべてみると、感慨はひとしおだ。靴型のガラス瓶の造形の、なんという開放系であることか。周囲にあり得るあらゆる物との関係を拒んでいない。それにくらべて、現在のデザインに変更されてから、おなじ方針を踏襲する二代目だというガラス瓶は、それだけを考えに入れてデザインされた、見事なまでの閉鎖系だと言っていい。瓶の底にあるバンプも、ただそれだけが完結して、それだけがそこにある。

モンブラン22は簡単に分解することが出来る。キャップをはずして、軸を右にまわしていくと、接合部分のネジがはずれて、ふたつに分かれる。金属製の小さなリングはなくしやすい。ウァッシャーであると同時に、ごくおだやかな飾りの役目を果たしているのだろう。

インクを吸入させる軸の部分は、自分ではこれ以上には分解しない。先端のペン先のある部分は、四つに分解することがたやすく出来る。軸が先端に向けて延長されていく部分、ペン先、ペン芯、そしてペン先とペン芯とを差し込む、半透明なプラスティックの、二段になった小さな円筒形の部品の、四つだ。

ペンポイントのすり減ったペン先を、自分で交換することが出来る。新しいペン先をペン芯の内側に合わせる。正しい位置はすぐにわかる。ペン先とペン芯を合わせたものを、円筒形のプラスティックの部品に差し込む。どちら側からどの方向に差し込めばいいのか、これも現物を指先に持つ、という体験をとおしてすぐに理解出来る。円筒形の部品の底まで差し込む。ペン先の底と円筒形の部品の底が一致する。そうなったとき、ペン先がどこにあれば正しいのかを知るための、ほんのちょっとした手がかりが、ペン先と円筒形の部品の両方に作ってある。このしかけが位置的に合致すれば、そこがペン先の正しい位置だ。

ペン先とペン芯を正しく差し込んだ円筒形の部品を、軸先端の部分に下から差し込む。軸を差し込んでネジを噛み合わせ、まわしていけば、ペン先とペン芯を差し込んだ円筒形の部品は、軸の先端に向けて押し出されていく。ネジがまわりきったら、それで完成だ。ペン先とペン芯を入れた円筒形の部品は、すぼまった先端に向けて下から軸で押されると同時に、軸がネジ山いっぱいにまわりきることによって、軸の先端から適度な圧力で押され、結果として固定される。見事な工夫と言うほかない。軸の先端がペン先に覆いかぶさるような、フーデッド・ニブのデザインを巧みに利用した工夫だ。

クラシカルな万年筆を踏襲したデザインだと、ペン芯を抱き込んだペン先は、軸の口から露出している。僕が体験した範囲内で言うなら、パイロットのカスタム742とプラチナのセンチュリーのすべての機種において、そしてペリカンのクラシック205でも、軸の口から露出しているペン先とペン芯とは、両者を正しい位置に合わせたのち、わかりやすく簡単に言うと、ぎゅっと押し込んであるだけ、という状態だ。

ぎゅっと押し込んであるだけだから、文字を書いていると、遅かれ早かれ、かならず緩む。ほんの少し緩んだだけで、文字を書くときの感触は変化する。おかしいな、と思ってペン先を指先でつまむと、それは自由に動く。まわしてみるとまわる。引っぱると抜ける。書いていた紙の上にインクがこぼれ落ちることだってあるだろう。緩んだなら押し込み直せばそれでいいのだが、ペン先とペン芯とをどの位置で合わせれば正しいのかを知らせるための工夫は、まったくない。押し込み直しても、また緩むだろう。お求めになったお店へお持ちください、などと言われるのだろうか。742はいま五本ある。緩んだときの交換用なら、五本は最低限ではないか。

パイロットのカスタム743のMが、黒い軸と赤い軸との二本ある。赤い軸のほうにウォーターマンのミステリアス・ブルーを入れてみた。ちょうど書いていたメモを、途中からこれで書いてみた。素晴らしい。じつに良い。ぜんたいをこんなふうにすっきりと肯定することの出来る状態とは、なになのか。僕が肯定しているのは、インクや万年筆の出来ばえだけではないはずだ。このインクを満たした万年筆によって書かれていく言葉が持つ、可能性というものの予感を僕はあらかじめ肯定しているのか。

黒い軸にはセレニティ・ブルーのインクを入れてみた。これも素晴らしい。じつに良い。ブルーブラックとブルーとは、確かに対になっている、と僕は自説をさらに固める。ふたとおりのインクが対になっている様子を、僕はどのように理解すればいいのか。

ウォーターマンの50ミリ・リットルの小さな瓶がふたつ、空き瓶となってデスクの引き出しの奥にあった。フロリダ・ブルーとブラックのふたとおりだ。どちらをも僕は使い切ったのだろうか。洗って空き瓶としてとっておいたのは、なぜか。いまこうして観察するためか。捨てがたかったのではないか。

丸い口は直径30ミリだ。蓋をするためにねじ山のほどこされた垂直の壁は15ミリほどの高さだ。これをすべてないことにして平らだとすると、インク瓶のかたちは十面形だ。裏とおもて、それに上と下が、どちらもひとつずつで四面だ。左右ふたつある側面は、どちらも三面に造形してある。そういうデザインなのだ、と僕は思っていたのだが、この瓶をデザインした人の思慮はもっと深かった。

瓶のなかにインクが少なくなったとき、万年筆に吸入しやすいように、左右どちらの側面も三面へと造形してある。底とつながって下の面、そしてその上につながる、左右ふたつに分かれた二面の、合計三面だ。インクが少なくなったなら、三面のいちばん下の面が底になるよう、瓶を倒せばいい。上の二面が左右から合わさる部分は、少なくなったインクにペン先を浸すための深みとして機能する。

瓶の蓋はインクの色とは関係なく、すべて黒いプラスティックだ。外径で33ミリほどの丸い蓋の側面にほどこされた、指をかけやすくするための工夫を言葉で説明するためには、蓋の側面に指先をかけてまわすというごく平凡な行為のなかにある、理にかなった順番というものをまず理解しないといけない。そのためには、蓋をまわすという平凡な行為を、理に沿って分解しなければならない。

インクの空き瓶を静かに眺めていると、やがて時間を感じ始める。いまも経過しつづけてやまない時間の上に、かつてそこにありつつ経過していった時間、というものが重なってくる。けっして派手ではないが、それが魅力となっている瓶は、いまは空だ。しかしかつてはここにインクが入っていた。そのインクは、けっして長くはない時間のなかで、紙の上の文字となった。その文字たちは、どうなったのか。どのような経路をへて、どこへ到達したのか。あるいは、どこへ消えたのか。いまとなっては、すべてが謎だ。だからこその、ミステリアス・ブルーなのか。ブルーブラックをミステリアス・ブルーと言い換えた人は、そこまで考えたのか。空き瓶となったインクの瓶は、純粋な過去だ。

ガラス瓶のなかに残り少なくなったインクを、どのようにして万年筆に吸入させるか。セーラーのジェントル・インクの瓶を観察すると、プラスティックで簡単に成形した、瓶のなかの瓶とも言うべき容器が入っていて、瓶のなかのインクをまだほとんど使っていない状態だと、瓶のなかの瓶である容器にもインクは満ちている。瓶のなかのインクが残り少なくなったなら、瓶の蓋をしっかり閉じて、瓶を上下逆にひっくり返す。残っているインクはプラスティックの容器のなかに入るから、瓶を静かにもとに戻せば、プラスティックの容器にはインクが満ちたままになる。そこに万年筆のペン先を浸し、インクを吸引する。インクは吸引器のなかに満ちる。瓶のなかの瓶であるプラスティックの容器は、リザーヴァーと呼んでいるようだ。プラチナのインク瓶にもおなじ工夫がしてある。パイロットにはないが、瓶を片手で持って傾ければ、もういっぽうの手で万年筆の吸引器を操作することは出来る。

ウォーターマンのインク瓶のかたちについてはすでに書いた。このかたちは十面体だが、十二面体に造形したガラス瓶が、昭和二十五年頃の日本で市販されていた。天と地を含めて十二面体だ。いろんな傾きで瓶をデスクに置くことが出来た。まだ余裕はあるけれどインクが少なくなっているのは事実だ、というような自覚があれば、瓶を少しだけ傾けて置けば、インクの深さは増し、万年筆のペン先をそこに浸すことが出来た。インクがさらに少なくなったなら、瓶をもっと傾けて置けばよかった。セーラー万年筆のインク瓶だ。

ペリカンのブルーブラックとロイアル・ブルーとを使ってみたくて、パイロットの742のMを、黒軸と赤軸しかないからそれをいいことに、どちらも一本ずつ購入し、ブルーブラックとロイアル・ブルーを、それぞれ入れてみた。ブルーブラックは、万年筆で手書きした文字、ということの証明のような色だ。個人の誰もが持つはずの個別性を社会が認めるときの色ではないか、とも僕は思った。この色をロイアル・ブルーに変えると、社会的な文脈での個別性ではなく、個人的な世界へと変わるようだ。そしてそこから、さまざまな色へと続く道が開けるのではないか。

パーカーの万年筆インクには、クインクという名称があたえてある。ずっと以前からこの言葉をパーカーのインクのガラス瓶に見てきた。五十年にはなるだろう。昔の空き瓶といまの空き瓶とを、ならべて観察してみる。基本的には似ている。おなじだと言ってもいい。しかしディテールの総合としてのぜんたいは、別物と呼んだほうがいい。本体はひとまわり大きくなり、成人の男性にたとえるなら、三キロから四キロほど肥った、という印象だ。最大の違いはキャップだ。昔のは直径30ミリ、高さ15ミリの金属製だが、いまのは黒いプラスティックで、直径は40ミリまで大きくなった。指をかけやすくするために工夫された造形を、言葉で説明してみたい、という気持ちがなくもない。キャップの天面の、あるかなきかの、しかし確実にある、ほんの少しだけふくらんだ曲面の説明から、始めなくてはいけない。

Quinkとならんで、solv-xという言葉も、ずっと以前から見ている。インクを万年筆に入れて書くと、書くためにペンポイントから出て来るインクは、万年筆の内部、特にペン芯の溝につまったものを溶かして洗い流す、という意味の造語が、ソルヴェックスだ。書きながら洗います、というフレーズが、ソルヴェックスには常にともなっていた。

742のMは三本となり、ブルーブラックにブルー、そして京都で手に入れたウォッシャブル・ブルーが、それぞれ入れてある。三とおりのインクがあると、当然のことながら、三とおりの紙に対応することがたやすく可能だ。パーカーにはかつてパーマネント・ブルーというインクもあった。いまこれを手に入れるのは、国内では難しいかもしれない。ヨーロッパではいまも市販されていると聞いた。もしそれが確かなら、手に入れる方法はある。もし手に入れたなら、四本揃ったおなじ万年筆に、インクは四とおりになる。

ラミーのインク瓶も言葉で説明するのは難しい。課題作文にとっては絶好の材料だ。「このインク瓶のかたちを描写せよ」という設問に現物を添えればいい。

直径70ミリ高さ45ミリの、透明なガラスの瓶だ。50ミリ・リットル入る。上から20ミリのところで、ガラスの本体は少しだけ細くなり、そこには、黒い円形のプラスティックの容器がはめてある。はずれるから、はずしてみると面白い。瓶は20ミリ厚の透明なガラスの円盤で、底のまんなかに指先ほどの突起がある。この突起が黒くて丸いプラスティックの容器に、ただ持ち上げただけでは抜け落ちないよう、はまっている。外から見ると突起だが、内部は空洞で、少なくなったインクはここにたまる。だからそこにペン先を入れればインクの吸入がしやすい、という工夫だ。

黒くて丸い容器のなかには、インクを吸入させたときに万年筆につくはずのインクを拭き取るための白い紙が、テープになって巻いてある。少しずつ引き出しては、ちぎって使うのだ。蓋はプラスティックで、直径35ミリ、高さ15ミリというサイズの円筒形だ。色は分かれる。インクの色に対応しているのだろう、僕が持っているのは、明るいブルーと深くて濃いブルーの、ふたとおりだ。デスクのどこかに置いておきたくなる物体、という評価を加えておこう。

明るいブルーと、深みのある濃いブルー。このふたとおりがかならずあることには、社会的な意味があるはずだ。公式なこととして確定された記入を受け持つのが黒いインクだとすると、明るいブルーは個人的な書き込みのためのものであり、ブルーブラックと呼ばれている色は、その中間にある領域を引き受けている、と僕は考える。

ペリカンにエーデルシュタインと名づけたインク・コレクションがある。紙箱にインク・コレクションと英語で表記してある。エーデルシュタインとは宝石のことだ。50ミリ・リットル入りのタンザナイトという名のインクを買ってみた。箱のおもて側の右角が、上から下まで、へこませてある。両端は尖っていて、そこから上下ともに幅が広がっていき、まんなかでもっとも広くなる、という造形だ。両端が尖った楕円形、とでも言おうか。そしてこのへこみのぜんたいが、タンザナイトの色なのだ。このようなデザインの紙箱を僕は初めて見た。

色は濃いブルーだ。黒ではないか、と言う人もいるだろう。黒ではない。濃いグレーに青が重なっている。二〇一六年のカタログにはタンザナイトを含めて八色が紹介してある。僕がタンザナイトを買った理由は、その色に惹かれたからだ。

箱の側面に、万年筆のインク、という意味の短い言葉が十三とおり印刷してある。そのいちばん最後が、万年筆インク、という日本語だ。その下に、エクストラ・ソフト・インク、と英語で表記してある。主体が万年筆のインクであるときの、ソフト、とはいったいどのようなことを意味するのか。

書くときの感触にはこのインクの特別な性能を強く感じ、その感触はきわめて軽く滑らかなのだろう、という程度の推測は出来る。書いてみた。色は濃いグレーに青が少しだけ重なっている。いい色だ。使いたい、と思う。そして、確かに、文字を書いていくときのこのインクの感触は、ソフトだった。ほとんどなんの抵抗もなしに、インクはペンポイントから紙へと流れ出ていく。このような工夫をほどこす余地が、万年筆のインクにはまだあったのか、と驚く。

タンザナイトはタンザニアの北部で採れるゾイサイトの変種で、色は濃紺、使い道は宝石にすることだという。タンザニアは一九六四年にタンガニカとザンジバールが結合して出来た。ザ・ユナイテッド・リパブリック・オヴ・タンザニアという。タンザニア連合共和国だ。そこに生きる人々は百を超える部族に分かれ、スワヒリ語が国語で英語が公用語だという。

このインクでメモを書くにあたっては、７４２よりも７４３のほうがいいか。相性の良い紙を見つけなくてはいけない。

万年筆用のインクは時間の経過とともに化学変化を起こす。少なくとも色は明らかに変化する。濃くなる方向への変化は、僕もすでに何度となく経験している。パイロットのカスタム７４３のＭとコクーンのＭとに、どちらも吸入器を使って、シェーファーのブルーブラックを瓶から入れてみた。

コクーンに入れてからは日数が経過している。したがって吸入器のなかのインクの残量はわずかだ。７４３はインクを入れてからさほど日がたっていない。この二本の万年筆でおなじ紙に文字を書いたときの色は、まるで異なる。四倍のルーペで見て、おなじ色だとは思えない。７４３のほうが本来の色に近いのだろう。コクーンに入れたインクは、入れた当初はこの色だったのだろうか。

パイロットのコクーンというシリーズに、樹脂製の軸のものがある。黒、緑、紫と三本、いずれもＭがあったから、パイロットの色彩雫《いろしずく》のインクを入れてみた。15ミリ・リットルの小さな瓶入りは、三色をひと組で購入することが出来る。ちょうどいい。深海。朝顔。月夜。この三色を入れてみた。

書いてみた色はどれもじつに良い。素晴らしい色だ。それほど良ければ、メモを書くために使うのか。何種類かのインクをめぐる使いかたのルールのようなものを工夫し、そのなかにこの三色が組み込まれるなら、使うかもしれない。まずは軽い冗談から、と僕は思い、パイロットのプレラというシリーズの七色をすべて手に入れてみた。

　透明軸のキャップの頭部と軸の尾部とに、淡い色がついている。この色が七とおりある。この七色それぞれに出来るだけ近い色のインクを、色彩雫の二十四色から選んで購入し、七本すべてに入れてみた。いい色だ、という評価はさらに高まった。しかし、自分にはこのような色を使う状況がまずない、という思いもまた、いちだんと確かなものになった。

　ワン・パラグラフごとに色を変えて七パラグラフの手紙を書き、それを七色の手紙と称してはどうか、という冗談に笑ってくれた人に、七本ともインクを添えて進呈した。さっそく手紙が届いた。ボディとも言うべき主たる説得や重要な主張の部分には竹炭と紺碧という色のインクを使い、その次の段階のボディは、松露と天色というインクが使ってあった。欄外に書き加えた部分は山葡萄と秋桜、そして最後のひと言は冬柿という名の色によって、書かれていた。全体的な出来ばえは、なかなかのものだった、と言っておこう。

　こうしたさまざまな色は、考えながらゆっくり書くのに適しているのではないか、と僕は思った。考えながらゆっくりと書く。それは一例として添削ではないか。三十代の女性の翻訳家を主人公にして短編小説を書いたとき、彼女がプレラの七色の万年筆に七とおりのインクを入れ、ノートブックにタンザナイトで下書きをした翻訳を添削して楽しむ、という設定を書いてみた。自分にとっての使い道は、いまのところこのくらいでしかない。

自分の頭のなかから、自分の思考をもっともよく引き出してくれる色、というものはかならずあるはずだし、人や状況によっては、その色は一色とはかぎらない。思いがけない色が、とんでもないことを引き出してくれる可能性は、充分にある。

なかのインクが何色なのか、ひと目でわかるように色分けされた容器が、白い壁を背景にして、かかげられたようにならんでいる。左端にある白と、右端の黒とのあいだに、青から赤へと変化していく三十種類近い色のインクが、手前の列とすぐうしろの列との、二列になっている。ここから好きな色のインクを選んで買うことが出来る。それぞれ50、100、250のミリ・リットルの容器が用意してあるから、欲しい分量の容器を選べばいい。50ミリ・リットルの容器は四角いのと丸いのと、ふたとおりだと思う。欲しいインクを必要な量だけ、好みの容器に注いで買うのだ。インクの名称を手書きしたシールを店員が容器に貼ってくれる。インクだけではなく、この店で選ばれた文房具を買うのも楽しいだろう。

僕がこの店でインクを買うなら、手前の列の右から二番目と、奥の列のおなじく右から二番目の、二種類だ。どちらも50ミリ・リットルでいい。カリグラフィで書かれたインク見本のパンフレットを添えて、これをおみやげにもらいたい、と言ってみたい。万年筆のためのいろんな色のインク、という世界に僕が巻き込まれることはまずないけれど、もしそうなったら、日帰りで買いにいくかもしれない。日帰りのつもりはいいとして、往復ともに十七時間も、高度一万メートルを巡航する飛行機のなかで過ごさなくてはいけない。

J・エルバン、と片仮名で書いただけでも、インクの好きな人が見れば、反応は強いのではないか。いったい何種類のインクがあるのか。たいていのものはインタネット経由で東京にいても買うことが出来る。ネット上の経路がとっくに出来上がっているようだ。僕も買ってみた。

10ミリ・リットル入りの小さなガラス瓶が五つ、透明な容器のなかに入っていて、五つの色はテーマに沿って取り揃えてある。僕はふたとおり買った。ひとつはセリエ・テール。大地のシリーズか。地球を連想させる五とおりの色だ。もうひとつは、セリエ・オー。水のシリーズだ。明るいブルーやグリーンが五とおりあって、これはたいそうわかりやすい。

容器の内部に巻いてある紙には、つけペンが印刷してある。ガラス・ペンやブラシ、そしてスタイログラフィック・ペンなどに使うインクだ。万年筆に使ってもいい。水性で透明な光沢のある発色で、高度に濃縮されているそうだ。混ぜるな、と注意書きがある。

なるほど、この小さな瓶は、つけペンにちょうどいいではないか。つけペンなら軸も楽しめる。手作りの芸術品のようなインク壺に移し換えて楽しむのか。買うときにインクの入っている容器は、ほんの仮のものなのだ。

もし僕が買ったなら、買ったけれど使い道はまったくない、ということになりそうだ。誰かに進呈するほかないとして、喜んでもらってくれるだけではなく、ガラス・ペンで使ってくれて、どのインクも使い切ってくれる人が、果たしているだろうか。ガラス・ペンも添えなくてはいけないか。

J・エルバンの万年筆用インク・カートリッジも、東京の雑貨店の棚の片隅にあったりする。見かけたので買ってきました、とふたりの人がくれたものが、手もとにある。アルミニウムの小さな円筒形のケースにカートリッジが五本。忘れな草の青い色と、ナイト・ブルーの青い色だ。スタイログラフィック・ペンそして日常の用途に、とケースに貼った紙に印刷してある。ここで言うスタイログラフィック・ペンとは、水性のカートリッジ・インクを使うローラー・ボール・ペンのことではないか。フランス語では万年筆のことをスティロ stylo と言っている。おなじJ・エルバンの、簡素な作りの軽い透明なローラー・ボール・ペンを、どちらの人も添えてくれた。

とてつもなくたくさんの種類のインクがこの世にはある。あるのはいいとして、それを買う人がいるのだ。これもいいとしよう。買いたければ、つまり必要があれば、買うだろう。なにに使うのか。文字を書くとしたら、いったいなにを書くのか。いろんな色の、たくさんの数のインクは、僕にとっては謎のままだ。

30ミリ・リットルのガラス瓶に入った黒いインクは、J・エルバンのオーセンティク・インクだ。またの名をローヤーズ・インクとも言う。日本語による説明をどこかで読んだときには、公証人が使う黒インク、という言葉が使ってあった。しかしその黒い色はかなり薄い。僕の使いかたがいけないのかもしれない。このインクで書いた文字は、三百年は読めるという。本来の色はどのような黒なのか。オーセンティック・ブラック、という言葉を知っただけでもいいか。インテンス・ブラック。パール・ブラック。ブリリアント・ブラック。ミステリー・ブラック。いろんなブラックがある。

プラチナのカートリッジ・インクに、四本入りの小さな紙箱がある。「まっ黒な文字を書きたい人に!」とある。四本で二百円。「水に濡れても平気です」という耐水性に加えて、光で色が変わったり褪せたりすることもなく、熱にも変化しないから、保存させたい文字を書くには最適だという。にじまない。感熱コピーにくっきりと反応する。「スッキリとした文字が書けます」

すっきり、くっきり、にじまない、熱や光で変化しない、水に平気な、まっ黒い字。超微粒子がカーボンなので、この黒さなのだという。まっ黒い字を書きたい気持ちは、僕にもわからないわけではない。自分のなかみを主張したいというよりも、字で書いたことを確定事項としてこれ以上にはなれないほどに、はっきりさせたいのだろう。はっきりしていない部分、なぞらえるなら灰色階調の部分が少しでもあると、不愉快な気持ちになるのではないか。ここでこうして存在している自分が、曖昧さを排した確実なものとして、黒々とした文字で確定されるなら、それはそのまま自分なのだ。

パイロットには「証券用」と明記された黒いインクがある。これも相当に黒そうだ。30ミリ・リットルのガラス瓶に入っている。万年筆には使えない。フォ・ドキュメンツ、と英語で箱に印刷してある。重要な書類に手書きで文字を記入していくとき、つけペンでこのインクを使うのだろう。文字を書くときは筆記と言う。画を描くときは、なんと言うのか。描画だ。この言葉を、黒インクの箱に印刷された注意書きを読んでいて、初めて知った。

まっ黒いインクで文字を書いているとき、あるいは、書き終えた文字がまっ黒くそこにあるとき、その黒さには、行き止まり感、とも言うべきものを、僕は強く感じる。まっ黒い黒さが少しずつ薄らいでいくと、行き止まり感も弱くなっていく。

書式に記入するとき、「黒いインクのボールペンではっきり書いてください」などと注意書きが添えてある場合を、これまでに僕は何度となく体験した。薄い青インクの弱々しい自己流の続け字など、公的な機関に提出する書式にはふさわしくない、ということはよくわかる。はっきり読みやすく書くとして、青いインクのボールポイントではいけないのか。

書式に記入する内容は具体的にはさまざまだが、基本となるところを抽象化すると、現実の事実としてはこれだけでしかない、ということだ。これらのさまざまに現実的な断片を、「黒いインクのボールペンではっきり」と書式に書かなくてはいけない。これ以外にはあり得ない、と他に対して宣言しているのが、黒いインクという色だ。

これだけでしかないものは、黒い色のインクという強固な枠のなかで、守られる。そこからいったん外へ出ると、そこは灰色という無限に近い階調の始まる部分であり、黒はもはやどこにもないのだから、無限階調のなかをさまようほかない。

黒いインクは社会制度のためのものだ。それへの順応の証だ。その内部に現実を囲い込む黒いインクという枠は、したがって、あり得べき最高度の限定力を持ったものでなくてはいけない。不明確なものを求めると、いろんな色、つまり多様性という可能性が、目の前にあらわれる。「黒いインクのボールペンではっきり書け」という命令は、書かれたものを限りなく活字に近づけたい、という願望のあらわれではないか。活字とは、書かれたものは確定されきっているがゆえに、もはやどのようにも動かしがたい現実の一部分であるという、もっとも硬い枠のことだ。その枠に入らないもの、つまり不明確なもの、不定形なもの、不確実なものなどは、排除された結果として、存在すらしていないものとして扱われる。

ブルーブラックという色は、社会と個人とが均衡している様子の色ではないか。紙の上にインクで文字が書かれることのなかから、次のものが生まれていく。インクで文字を書くとは、次のものを生み出すことだ。現実の事実を断片的に確認しているだけでは、なにも生まれない。

日本語の黒はブラックに駆逐されつつある。ブラックと片仮名書きすれば、それはそのとたんに、早くも日本語だ。「こりゃあ、雨だね。ほら、見てごらん、ブラックな雲が西からどんどん広がりつつある」と言う人が、これからの日常的な日本語の地平にあらわれるかどうか。しかしこのブラックは、いますでに、日本語として充分につうじる。

プラチナのカートリッジ・インクでブラックというのがある。「より黒く！滑らか書き味」と紙箱の上部に印刷してある。黒あるいは黒色といった日本語の表示はなく、BLACKだけだ。日本語の黒はいまや表記としてはBLACKそして音声ではブラックなのか。

ペンポイントとインクの相性が、僕にとって好ましく、したがっていつもストレスなしで使うことの出来る次元で一致しないことには、紙は選びようがない。万年筆とインクのどちらをも、ときめないままにいろんな紙を試していたときには、かなりの混乱をきたした。これ、このペンにはこの紙だけどインクはこれではない、さて、どれなのか、といった混乱が何重にも重なり合った。

そのような体験にもとづいて、いまは多少の知恵がついている。インクをひとつにきめた。パーカーのクインクと総称されている、万年筆用のインクだ。これの、ブルーブラック、ブルー、そしてウォッシャブル・ブルーの、三種類の色だ。

インクをきめたからには、万年筆もひとつのものにするといいのではないか、と僕は結論した。パイロットのカスタム743と742の、どちらもMのペンポイントが、自分の書きかたにとってもっとも好ましい、ということが判明した。どちらにも黒軸と赤軸の二種類があるから、二種類ずつ揃えて合計で四本だ。四本の万年筆に三種類のインクを入れる、という難しい問題が立ちあらわれた。しかし落ち着いて考えれば、難しくもなんともない。743と742をさらに一本ずつ買い足せば、どちらのモデルにも三種類のインクを入れることが出来る。万年筆は合計で六本になる。限界だろう。

紙を一種類にしたい、という願望が自分のなかに強くあることに、僕は気づいた。身辺をすっきりさせていたい、という願望の一端だろう。すっきりさせるとは、ごく簡単に言うと、やっかいなことがなにひとつない、という状態のことだ。ノートが一種類にきまれば、事態がそれ以上にやっかいになる可能性は、ゼロで維持される。

紙を選ぶとは、紙をひとつに出来れば、という可能性の追求だ、ということがわかった。ノートブックを買うときには、どこで買うにしても常におなじ一種類のノートブックを買う人への、憧れのような気持ちを我が身で実現させたければ、ノートブックを、一種類にきめればいいだけだ。万年筆とインクはきまった。だからその先の問題としては、紙をひとつずつ試していけばいい。試せば落ちていくものが次々にあらわれるだろう。しかし、それはそれだけのことだ。

パーカーのブルーブラックは、なぜそうなのか自分にもはっきりとはわからないのだが、紙を選ぶときのひとつの基準として機能している。このインクがこの紙でどのように発色するか。基準に満たなければ、その紙は選ばれない。

ひとつにきめた万年筆は、特別なものではない。これほどまでに良く出来ているのに、という驚きとともに、いま僕はこう書く。どこでも、というわけにはいかないかもしれないが、買おうときめたなら、じつにたやすく手に入れることが出来る。

インクは、これも万年筆のインクを売っている店でなら、たいていのところで買うことが出来る。ただし、ウォッシャブル・ブルーは、すでに書いたとおり、何年か前に製造が中止されたから、在庫を探さないといけない。やがては、探してもない、という状態になるはずだ。しかしフランスにはまだあるようだ。

僕がここで言う紙とは、なにか。ひとつはノートブックだ。サイズはA5で、三十枚から百枚までの紙が、なんらかの方法でまんなかで綴じてあり、左へ開く。右のページにだけ、一行おきに書く。行の幅は7ミリあるいは8ミリだ。

そしてもうひとつは、ライティング・ブロックと呼ばれているものだ。サイズはA5ないしはそれに近く、天を綴じてある。ステイプラーの針二本でぜんたいを綴じて、そこから1センチほど下に、ミシン目が入っている。どのページも切り離すことが出来る。

典型的なのはロディアのブロックだ。僕がつかうA5は16番と呼ばれていて、148ミリ×210ミリで、八十枚が綴じてある。5ミリの方眼、淡い赤でマージン線の入った横罫、そして無地の三種類だ。横罫は一年くらい前までは罫の幅が8ミリだったが、いまは7ミリになっている。罫の幅を1ミリ狭くすることに、なんらかの積極的な意味があるのだろうか。黄色い紙のブロックもあり、これは5ミリの方眼だけだ。日本では需要がないのだろうか、一度も見かけたことがない。このライティング・ブロックにも僕は一行おきに書く。

ノートブックは何枚もの紙が綴じ合わされている。開けば見開き二ページだが、僕は右のページしか使わないから、いつものノートブックを見開いた二ページのスペースとして意識することは、まずない。右側の一ページが、僕にとってはノートブックのスペースだ。

そこに僕はいまの僕の字を、万年筆を使って書く。なにを書いてもそれは僕の自由だが、いまは自分で書く小説のためのメモ書きだ。小説のためのメモ書きをノートブックの右ページに書くとは、小説のための思考を広げていくことだ。そして広げるとは、つなげることだ。意外なものどうしをつなげる。思ってもみなかったものどうしをつなげる。これがこれにつながった結果として、そこからさらにこう展開すると、それまではどこにもなかった新しいなにごとかが、生まれる。僕が書く小説は、僕が書くまでは、どこにもなかったものだ。

頭に浮かぶことをノートブックに書いては検討して考えをまとめていく、という一般的な理解があるかもしれないが、小説の場合は考えなどまとめてもどうにもならない。そこからはなにも生まれない。思いがけないものどうしが結びつき、そこから新たな展開が生まれてくるとは、たとえば人であれば少なくともふたり以上の人が、そしてものごとならふたつ以上の異なったものが、対話の関係を結ばなくてはいけない。その対話のなかから、途中の出来事として、あるいは結論として、それまではどこにもなかった新たな展開が生まれてくることによって、人々の関係とそれが置かれている状況とが、その新たな展開のなかを動いていく、ということだ。ひとりでやろうとしてはいけない。しかし、対話と称して、自分のことを言い続けるだけの人は現実のなかにいくらでもいるけれど、小説のなかにはそのような人の居場所はない。

僕がノートブックに万年筆で自由に書くメモは、仮のものだ。定まってはいないもの、まだアイディアの段階にとどまっているものだ。それゆえに、それは自由だ。好きなように書きたい。万年筆の使いかたとして、好きなように書くとは、自分にとってなんの無理もないフィードで書きたい、ということだ。そしてそのフィードバックを受けとめて、両者が差し引きゼロになるように、いっさいなにごともなかったかのように、書きたい。

したがって、インクの色は黒ではない。セピア。ブラウン。グリーン。ヴァイオレット。それぞれに魅力的な色なのだが、これらの色ではなく、はかなく淡いブルーでもなく、そこに確かにあるブルー、紙の上に自分の思考の跡である文字として落ち着いているブルーへと気持ちが向かうと、そこで待ち受けているのはブルーブラックという色だ。ブルーブラックにもさまざまな色調があるから、そのなかからどれかひとつを選ぶのには苦労するけれど、ブルーブラックという色は、ひとりの人が考えたことを、その人の手で仮に文字として書いたもの、という価値をそのままあらわにしている色だ、と僕は思う。

ノートブック類を買うにあたって、自分の使う万年筆とそのインクとの相性がどうであるかは、誰もがもっとも考えないことなのではないか。相性のないノートブックに書いてみると、こんなことでしかないのか、と驚きつつ落胆もする。店頭におけるノートブックの試し書きは、聞いたことがない。ためつすがめつしたあげくにどれかひとつを買って自分のものにしてから、いつも使う万年筆で書いてみないことには、相性があるかどうか、あるとしたらどの程度なのか、まったくわからない。ノートブックの紙は、万年筆との相性、という視点から観察すると、じつに千差万別なのだから。

書いた字が薄くなる紙、あるいは、薄くしか書けない紙、というものがある。思いのほか多いから注意しなくてはいけない。ラミーの明るいほうのブルーを入れたパイロットのカスタム74のM、あるいはペリカンのブルーブラックをペリカンのクラシックP200のMに入れて書いてみると、実用になるかならないかの境界線上のような薄さだ。ある種のインクの色を中和してしまう紙なのか、などと思ったりもする。

インクをはじく紙がある。包装紙のような特別な用途の紙ではなく、ノートブックの紙だ。書いていると、インクがはじかれている、という感触がある。僕にとって万年筆で書くとは、紙の上にペンポイントからインクを文字のかたちに置いていくことだ。しかし、インクを置くはじから、そのインクをはじいていく紙がある。インクがはじかれて字は細くなる。僕が使ったそのインクに、その紙との相性がないのだ、というほかない。

はじいてはいないが、書いていく字はすべて細くなる、という性質の紙もある。ほかの紙に書いたのとくらべると、誰の目にもはっきりと、その紙に書いた字は細いのだ。書いていくはじから細くなるか、それとも、最初から細くしか書けないのか。

にじむ紙もある。紙によるインクの吸い込みが強く、その結果として、紙の裏にインクが抜けていく。書いていく人にとってはストレスだ。たとえばアメリカのミードという会社の黄色い紙のジュニア・リーガル・パッドに、僕はボールポイントでしか書かなかったのだが、あるとき万年筆で書いてみて、インクが盛大ににじむ紙であることを、そのとき初めて知った。インクのにじむ紙はほかにもあるはずだ。

日本のノートブックは万年筆による字の色が薄くなる傾向にあるのかもしれない、と僕は思う。数年前のおなじ会社のおなじ型番のノートブックと、つい先日買ったばかりのおなじノートブックに、おなじ万年筆とおなじインクで書いてくらべてみると、数年前のノートブックでのインクの発色はたいそう良く、買ったばかりのノートブックでは色が明らかに薄いのを目のあたりにする。それに、製造時期によってノートブックの紙の出来ばえは変化してもいる。作りかた、使う材料、考えかたなどが、それぞれ変化していくからだろう。色が薄くなる傾向と同時に、字の線幅が狭くなる傾向もある。ペンポイントをFにすればいいのか。初めから細ければ、それ以上は細くなりようがない、というなかば冗談のような発想だ。

横書きのしにくい紙、というものもある。何度も試してみたが、明らかに横書きではストレスが増えた。ペンポイントの問題かとも思ったが、横書きのしにくい紙のためにペンポイントをいくつも取り替えてみる、という実験までは手がまわらなかった。

ペンポイントがFつまり細字だと書きやすく、おなじシリーズの万年筆のMやBのペンポイントだと格段に書きにくくなる、という不思議な紙も体験した。細い字を受け入れるのが得意な紙、という言いかたをしてみようか。ペンポイントからのインクの出かたが違うと、ペンポイントから紙の上へと移るインクの量が違ってくる。Ｆのペンポイントから出るインクの量に適合している紙、と言い換えればもっと正確になるか。

ペンポイントの平らな部分と、それが接触する紙とのあいだで、インクがごく軽度な接着剤のような役を果たす結果、ペンポイントが紙にくっついたようになり、ペンポイントの自由な動きが制限される、という性質の紙もある。ペンポイントがＢのとき、これは起きやすい。ということは、と僕は考える。ペンポイントがＦなら、紙を選ばない度合いが広くなるのではないか、と。

紙とペンポイントそしてインクとの相性は、見た目では五十パーセントほどしかわからない。書いてみないことには、正確なことはなにもわからない。万年筆とおなじだ。インクも、瓶のなかにあるインクの色を見たり、色見本として印刷されているものを見る、あるいはつけペンで書いてみたりしても、インクの紙への乗り加減や相性までは、判断出来ない。

ノートブックは平らにならない。開いてから両手を使ってかなり癖をつけても、実用上の問題はないとしても、平らにはならない。左手で右のページの端を押さえていなくてはいけない。

いま市販されている多くのノートブック類は、０・５ミリ径以下の、黒いインクのボールポイントを呼んでいるような気がする。いまの日本はそのような文化なのだ。いまの日本のノートブックに黒いインクの小さなボール径のボールポイントで文字を書くと、いまの日本ここにあり、とつくづく思う。

文化を時代と言い換えてもいい。ボールポイントの工作精度はとんでもないところまで向上した。インクの性能もついひと頃にくらべると、比較にならないほどに高いものになった。それと同時に、ボールポイントで人々が書く内容が、書く、ではなくて、記入する、という方向に向かって加速してきた。0・7ミリのボール径だと、紙との接触面積がそれだけ増えるから、ボールポイントの書き進む速度も落ちる。だから0・7ミリと0・5ミリとの差である0・2ミリが、余計なものとなる。紙の変化も重要だ。平滑性が高くて強い紙には、黒いインクによる細い文字のボールポイントが、もっとも相性が良い。

僕が使うものとしてきめた万年筆そしてインクとの相性のいいノートブックが、日本のどこでも手に入るものだといい、と僕は思う。そう思いながらも、しかしなあ、とも言う。多くの場合、表紙のデザインが好きになれない。つまらないからだ。つまらなさの要素をいくつも無難にひとつにまとめると、あのようなデザインが出来るのだろうか。

Ｆのペンポイントは、いまの日本の紙の平滑性の高さ、そして強さや硬さと、釣り合っている。相性がいい。Ｆのペンポイントには、紙を選ばない、という基本原則のようなものがあるのかもしれない。

最新の技術と、それによって引き出される考えかたによって、いまの日本の紙は作られている。強くて破れない、どこまでも平坦な、可能なかぎり平滑性の高い紙へと、すべての要素が向かっているのではないか。まっ平らな紙は特にＢのペンポイントの、自由な動きをさまたげることは、ついさきほど書いた。いまの日本の紙は万年筆との相性を持たないのではないか。と書きながら、ペンポイントがＭだからいけないのではないか、とも思う。ＢやＭには向いていないけれど、Ｆならたいそう良い、という可能性は充分にある。

機能罫線という言葉を昨年の夏に初めて知った。そしてその実物を手にした。ははあ、こういうものなのか、という発見が楽しいものだったかどうか。罫線が単に罫線であるだけではなく、なにかそれを越えた機能を発揮するのか。それが、機能罫線なのか。罫線としての機能を越えた機能を発揮することが、機能罫線には求められているのか。言葉としてその意味が伝わりにくかったからだろう、機能罫線はいまでは、ドット入り罫線、と呼ばれている。

Ａ５のルーズリーフが百枚入っていて、薄くて僕には好ましい罫線が引いてあり、罫の幅は７ミリだ。その罫線の上に、どの罫線においても、一定の間隔ごとに、罫線とおなじ色で、小さなドットが印刷してある。ドットはもう日本語なのだろうか。なんのことだか理解出来ない人はまだたくさんいるような気がするが、そのような人は、ドット入りであろうがなかろうが、罫線のルーズリーフにそもそも用はないのだろう。ルーズリーフもいまでは日本語だが、英語として表記するときには、ルーズリーフ、と書かなくてはいけない。小説の原稿にうっかりルーズリーフと書くと、日本語ではルーズリーフです、と校閲の担当者に鉛筆で訂正される。

「美しく書くためのルーズリーフ」は、「ドット入り罫線」であり、「文頭がきれいに揃えられる」し、「図や表がきれいに書ける」と、百枚のルーズリーフが入っているヴィニール袋には印刷されている。さらにその袋の裏面には、「ドット入り罫線の活用法」が印刷してあるという。

罫線上のドットはルーペで見ないと識別出来ないほどの淡さと小ささだが、どの罫線の上においても、ドットはおなじ位置におなじ間隔でならんでいる。したがって上下の罫線のドットを目印に使えば、たとえば個条書きのような文章の頭を三ドット下げるときれいに揃いそうだと判断したなら、文章の頭を三ドット分下げればいい。「文頭をそろえるときに、『ドット』が目印になります」とは、こういうことだ。さらに「図形や表の枠線を書くときに『ドット』が目印になります」「短い定規で線を引くときに『ドット』が目印になります」と、指示が印刷してある。最後の指示は罫線を縦に使うとき、たとえば五行にわたって線を引きたいときには、五行文の線をドットを目印にして引くといい、ということのようだ。指示のなかにある「短い定規で線を引くとき」という文言の意味するところが、僕には具体的につかめない。

コクヨによるキャンパスという銘柄のこのルーズリーフには、「さらさらとなめらかに書ける紙」と、「少し重めのタッチでしっかりと書ける紙」との、ふたとおりがあるという。「コクヨは書き心地を研究し、いろいろなタイプのオリジナルペーパーを作ってきました。さらに書き心地調査を行った結果」の、このふたとおりの紙だそうだ。

僕は「さらさら書ける」ほうを買って試してみた。「なめらかに、流れるような書き心地」をいま少し具体的に言い換えると、次の五とおりになるようだ。「さらさらと流れるように書きたい」「軽いタッチで力を抜いて書きたい」「なめらかにすばやく書きたい」「机の上や下敷きを使って硬いところで書きたい」「細いペン先もひっかからず、さらさら書きたい」そしてこの紙は、「さまざまな筆記具で書きやすいと評価され、実績のあるオリジナルペーパー」だということだ。

いろんな紙をさまざまなペンポイントとインクで試していた途中に、この紙も使ってみた。僕はうかつだった。この紙はルーズリーフなのだ。一枚ずつばらばらであるのはいいとして、左側にはバインダーに入れるときのための穴が、縦一列に二十個もあいているではないか。この穴の列には気をとられる。ドット入り罫線のドットは、下げた文頭を縦に揃えることに役立つし、資料を貼っても図形を描いても、位置が縦に揃って体裁は整う。すべてを縦に揃えるためのドットなのだ。

おなじA5サイズでルーズリーフやレポート・パッドをいくつも試してみた。

そのとき知ったのは、パッドはすでに日本語であり、紙がパッドになっているなら、つまりパッドとして製本されていれば、紙の天が、つまり上が、天糊という方法で仮に綴じてあり、このことを日本語で端的に言うなら、マルマンのA5丸穴20穴横罫6ミリ29行50枚厚口中性紙のパッドの表紙に印刷してあったとおり、「はがして使えるパッドタイプ」という言いかたになる。パッドだけでは不安があるので「パッドタイプ」と言う。さらに「上で」という言葉を補って、「上ではがして使えるタイプ」とすれば、もっとつうじやすいだろう。

このマルマンの「書きやすいルーズリーフ」の表紙には、シャープペンシル、鉛筆、水性ボールペン、マーカーの四種類の筆記具が描いてあり、シャープペンシルから水性ボールペンまでは、「書きやすい」という言葉が添えてあり、マーカーでは「にじみにくい」となっている。万年筆は想定の外であるようだ。

フランスのクレールフォンテーヌのノートブックを数年前に何冊も買った。持ち歩く手帳として、クレールフォンテーヌのいちばん小さいサイズのノートブックを、盛んに買っていたのとおなじ時期だ。

クレールフォンテーヌのノートブックとは、自分もここになにごとかを書くかもしれない、という可能性だった。可能性だから実現はしていない。書くかもしれない、というただそれだけのことだ。しかしその可能性は純粋だった。紙の質や罫線のありかたなど、すべてを含めたデザインが、可能性を純粋なものにしてくれていた、と僕は思う。

可能性は可能性のままにとどまり、クレールフォンテーヌのノートブックはそのままいまもある。これも試してみなくてはいけない、と思った僕は、プラチナの３７７６センチュリーのシリーズのMのうちの一本に、カートリッジのブルーブラックを入れて書いてみた。たいそう書きやすい紙だ、というのがまず最初の印象だった。書きやすすぎる、と言ったほうがいいか。インクが出すぎるペンポイントだ、という可能性とは別に、インクはこのノートブックの紙のなかに取り込まれた上で、文字になっていく、という言いかたをしてもいいと僕は思う。インクは紙の表面にペンポイントで置いていくだけにしたい。ペンポイントに問題があるのなら、インクの流量が多すぎるか、あるいは、ペンポイントの紙と接する部分が、大きくて平たいのだ。

では小さいペンポイントならどうか、と思った僕は、パイロットのカスタム７

43のFのペンポイントを、パーカーのブルーのインクでこのノートブックに使ってみた。たいそう良いではないか。Fのペンポイントには使い道がある。インクはパーカーのブルーのまま、相性の良さが高いところにある紙を見つければそれでいい。数年前のクレールフォンテーヌのノートブックには、パーカーのブルーのインクで743のFのペンポイントがよく合う。現在でもおなじノートブックは手に入ると思う。ただし紙の材料や作りかたは変化しているはずだ。

いま僕が手に入れるクレールフォンテーヌのノートブックは、一九五一年のノートブックが復刻されたものだ。表紙に帯で巻いた紙には、基本へ返る、と英語とフランス語でうたってある。バック・トゥ・ベイシックス、あるいは、ルトゥール・オ・ソルス。紙は90グラムのパピエール・ヴァルーテだという。ヴァルーテは日本語でビロードだが、口当たりの良い滑らかなもの、という意味もある。ヴァルーテ・ポタージュをわかりやすく言うとクリーム・スープで、これはすでに日本語だ。

148ミリに210ミリというA5のサイズだ。四十八枚。横罫。罫の幅は8ミリだ。ボール紙の表紙がついている。色は何とおりかある。何色でもいい。742のMにパーカーのブルーを入れて書いてみた。じつに適正だ。ちょうどいい。

これにするか、と僕は思う。これでいい、あるいは、いまひとつ進めて、これがいい。表紙のデザインは愛想があるようなないような、じつに簡素なものだ、常に身辺にあっても、目にする人の気持ちをまったく邪魔しない。これにきめるなら、ノートブックはこれだけを買う人に僕はなれる。

マージンの赤い線がないから、ページの左縁から3センチのところに、そこはかとなく赤いカランダッシュの赤芯をクラッチ・ペンシルにくわえさせ、定規を使って自分でマージン・ラインを引くことになる。このマージン線がないと、僕にとってはノートブックにならない。視覚的に、つまり心理的に、マージン・ラインがないと落ち着かないからだ。

クレールフォンテーヌのA5で横罫のノートブックには、ワイア・バウンドしたものもある。構造的に言って、スパイラルではないから、ワイア・バウンドとしか言いようがない。被覆した針金で綴じたノートブックだ。左側のページ表紙とともに右側のページの下へ折りたためば、右側のページだけがそこにあり、しかもぜんたいは平たい。ワイア・バウンドのノートブックを僕は好まないのだが、好まないとだけ言って退けていないで、使ってみると発見がある。

「筆記具を選ばない書き味」の紙だという。742のMで五種類のインクをこのノートブックで試してみた。パーカーのブルー。パーカーのブルーブラック。プラチナ、セーラー、パイロットの、いずれもブルーブラック。どのインクでも僕はこの紙に自分の書きかたをすることが出来た。やや細いMがいいかもしれない。Mのペンポイントには、やや細いMからやや太いMまで、多少の幅がある。この紙には太いMではないほうがいい、と僕は感じた。

ツバメには謎がある。まず表紙だ。この表紙を僕は子供の頃から見ているような気がする。おなじものではないかもしれない。類似のデザインというものは、おそらくたくさんあったのだろう。ツバメの表紙は変わることのなかったデザインに見えるけれど、何度も修正されていまのデザインがあり、これからも修正は続くだろう、と知人が言っていた。

僕が好むのはA5の三種類だ。H30S。H40S。H100S。この三種類だ。数字は綴じてある紙の枚数をあらわしている。H100Sは百枚だから分厚く、見たときの、そして手にしたときの感触は、僕にとっては好ましいものだ。大学ノート、という言葉はまだ現役だろうか。大学ノートの見本のひとつが、ツバメのH100Sだ。

二〇一六年の七月に買ったツバメのノートブックに、パイロットのカクノのMにカートリッジでブルーブラックを入れて、書いてみた。ペンポイントはほど良く滑り、インクは美しく発色した。ツバメとカクノのMは相性がいいようだ。コンヴァーターでパーカーのブルーとブルーブラックを使ってみた。どちらでも美しく書くことが出来た。

二〇一六年のまだ寒い頃に買った、ツバメのおなじ型番のノートブックに、ペリカンのロイアル・ブルーをペリカンのデモンストレーター・スケルトンに入れて書いてみた。こんなに薄い色のインクなのか、と僕は思った。これほどに薄ければ実用にはならない、と判断されるのではないか、と思うほどの薄さだった。他の紙に書いてみるとじつに良く、なんの問題もなかった。インクなのか、ペンポイントなのか、それとも紙なのか。謎のなかを僕はさまよった。ペンポイントはインクを紙の上に置いていくだけだ。置かれたインクが、その紙の上でその後どうなっていくのかは、インクと紙との関係の問題だと僕は思う。

買ったばかりのツバメと、数年前に買ったツバメとでは、おなじH40Sでも、書きくらべてみると明らかに違いがある。パイロットのカスタム742のMにパーカーのブルーブラックで書いてみた。買ったばかりのノートブックではインクの色が薄くなった。ペンポイントが紙の上にインクで作る字の線幅が狭い。書いていきながら字の細さを感じた。数年前のおなじ型番のノートブックでは、インクの色は濃く、字の線幅は太いのだった。さて、どうしたことか、と僕は思った。紙質、つまり原材料と表面の処理のしかたの、どこかが変わったのだ、という回答しかなかった。紙と万年筆とインクとを、同時にいろいろと試していたとき、このようなことが頻繁にあった。

パイロットのプレラというシリーズの、MとFのペンポイントに、パイロットの色彩雫というインク・シリーズのなかの深海をコンヴァーターで入れてみた。この深海は良い色だと僕は思う。Mで書くとブルーブラックのややブルーに寄った色となった。Fではたいそう薄い色となった。MとFとのペンポイントでは、紙へと移っていくインクの流量が違う。インクの流量が違えば、それが紙の上に移ったあとの色も、異なってくるのは当然だろう、などと思いながら僕はFによる薄い色を眺めた。

丸善が創業百四十周年を記念して作った、軸とキャップの黄色い万年筆がある。梶井基次郎の『檸檬』という小説にちなんで、この黄色い万年筆はレモンと呼ばれている。千四百本の限定で、三万八千円の価格だったという。この万年筆の新品がなぜか僕のところにあった。文房具の本を作ったとき、黄色い文房具をなにであれかたっぱしから買い集めたときの、書類箱にぎっしりと詰まった戦利品と呼んでもいい品々のなかに、このレモンもあった。自分で買った記憶はない。

ペン先には西欧風の飾り模様のなかに、上から順に、LEMON 140 MARUZEN 14K 585（M）と刻印してある。パイロットのコンヴァーターが使えることが判明したので、パーカーのブルーブラックを入れて、ツバメ中性紙フールスによる二〇一五年のノートブックに書いてみた。相性はいい。快適に書き進むことが出来た。


ツバメのA5のノートブックには、無罫、というものもある。横罫のとは紙がまるで異なる。無罫のノートブックの紙は、まっ白だ。三十枚が綴じてある。まっ白なスペースというものも悪くない。自分に使い道はあるだろうか、と思うよりも先に、短編小説のなかに使った。

二十代の終わりへと近づきつつある年齢の女性のコミックス作家は、まちの薄い黒いナイロンのインナー・バッグをいつも持ち歩いている。そのなかにこの無罫のノートブックがあり、さまざまなアイディアや取材したことなど、彼女は自由にこのノートブックに書いている、という設定を作った。

筆記具はラミー・サファリの透明軸のMで、彼女はいつもこれを三本、持っている。まったくおなじ三本だ。この三本に、ラミーのカートリッジで、ヴァイオレット、グリーン、ブルーブラックを、それぞれ入れている。パイロットが日本で唯一の馬具メーカーと協同して作った三本差しのペンケースがある。ペンケースには弱そうなもの、あるいはひ弱な印象のものが多いのだが、これは頑丈そうで頼りになる雰囲気をたたえている。彼女はこれに三本のラミーを入れている。インクが何色であるのか、よく見ればわかるのだが、彼女は見ない。ペンケースから取り出すときはまったくランダムで、まっ白な紙に書いてみて初めて、インクの色を知る。コミックスの作家である彼女の性格を、こんなところであらわすことが出来る。小説のなかの人物が使う手帳やノートブック、そして筆記具については、ある程度まで詳しく書くと、予測を越えた効果のある場合が多い。

ロディアにはいろんな種類がある。ずっと以前から僕が買うのは、16番、A5の、横罫のライティング・ブロックだ。かつては罫の幅が8ミリで二十行だったのだが、いまでは7ミリの二十二行となっている。二行増えることにどのような意味があるのか、僕にはわからない。

ブロック。タブレット。パッド。おなじものに少なくともこの三種類の呼び名がある。ロディアではブロックだ。ページの左端から3センチのところに赤いマージン・ラインがある。薄い赤に少しだけ紫を加えたような、落ち着いた色だ。このマージン・ラインは一本だが、本来は二本だと思う。アメリカ製のジュニア・リーガル・パッドを見ると、すぐには二本とは判別出来ないような二本線となっている。

日本のパッドではマージン・ラインの引いてあるものは珍しいが、N.planningというところが市販している「レポートパッド」は、A5で五十枚綴りの7ミリ幅の横罫でミシン目つきだ。赤というよりもピンクに近い色で、マージン・ラインが二本、引いてある。二冊がひとつにパックされている。日本ではパッドはそのほとんどが、レポート・パッドなのだ。強制に応えて提出する報告書だ。

ロディアのおなじ16番のラインには、横罫のほかに、5ミリの方眼と、まっ白に見えてよく見るとそうではない、ドット方眼の二種類がある。５ミリ方眼は薄い紫色で印刷されていて、この方眼のスペースは、書く、という行為を充分に誘っている。やや厚いボール紙の上に乗った八十枚の方眼の紙が、あのオレンジ色のカヴァー紙で、天を中心に表裏がくるまれたようになっていて、天はステイプラーの針二本で止めてある。そのすぐ下にミシン目がある。ロディアのロゴとマークが、オレンジ色の表紙のまんなかに、黒いインクで印刷してある。カヴァーを上に開き、天の縁に沿って向こう側へ折り曲げると、ステイプラーで止めた部分がページの上部でオレンジ色の帯となる。その帯の部分のまんなかに、おなじロディアのロゴとマークが黒で小さく印刷してある。これも、方眼のページになにかを書く行為を、誘っている。

　ドット方眼とは、基本的には方眼なのだが、方眼のひと枡がその四隅にきわめて薄い色で印刷された小さな丸いドットで構成されている、という方眼だ。うかつに見ていると白い紙だが、よく見ると上下左右へドットの列が規則的にならんでいて、なにか書くときにその列が目印になると言うならそうも言える、という不思議なものだ。目印になるとしたら縦に揃えるときだから、縦に揃えるのは日本だけではなく世界的な傾向なのかもしれない。

表紙のまんなかのおなじ位置にロゴとマークが白で印刷してあり、その表紙の下部には英文字で、ドット・パッド、とうたってある。

ロディアでは15番がジャイアント・パッドだ。ジャイアントとは、倍ほどの厚さがある、という意味だ。この厚さが、造形的に、そして心理的に、なかなか良い。よし、これでいい、という安心感が、自分のなかから立ち上がって来る。

ロディアのA5サイズにはノートブックもある。8ミリ幅の横罫による二十二行が印刷された紙が二十四枚、まんなかでふたつに折られ、オレンジ色の表紙とともに、二本のステイプラー針で綴じてある。

このロディアのノートブックの、罫線が印刷されたページに余計なデザインのまったくない様子については、書いておかなくてはいけない。8ミリ幅で二十二行の横罫があるページの、上部は20ミリ幅の余白であり、下部は12ミリ幅の余白だ。ただそれだけで、他にはすっきりとなにもない。なにもないとは、そのノートブックを使う人を邪魔するものがなにもない、ということだ。そのノートブックを使う人に対して、余計なおせっかいをいっさい試みていない、という言いかたも出来る。使う人は、ほっておかれる。すべては自分にまかされる。そこであらわになるのは、自分そのものだけだ。その人はなににも頼れない。

ツバメとくらべてみよう。ツバメでは罫線のあるページの上部は23ミリ幅の余白で、下部は13ミリ幅の余白だ。いちばん上の罫といちばん下の罫は、他の罫よりも明らかに太い。視覚的に識別が容易であるほどに、その罫は太い。なぜこうなるのか、その理由は僕にはわからない。ただし、推測することは出来る。

ページ上部の23ミリ幅の余白は、それ以外のぜんたいに対して、はっきりと目立っている。罫が連続している部分とは、誰の目にも明らかに、区別されている。ここが上端ですよ、と言っている。上端であるからには、この余白の下から書き始めるのであり、余白にはなにも書いてはいけません、書くとしたらそれは題名のようなものです、とその余白の下の太い罫は言っている。ページを開く人は、ページを開くそのたびに、その罫からそう言われる。

ページの下部はどうか。いちばん下の罫が太い。ここがページのいちばん下です、とその罫は言っている。いちばん下であるからには、このページはここで終わりです、さあ、次のページを開けましょう、とその罫は言っている。そのノートブックを使う人は、使うたびに、その罫からそう言われる。

常にどこかからか世話をやき、おせっかいをする人たちがいて、その人たちの言うことなすことにいつのまにか自分は半ば支えられるかたちでしたがい、彼らがいないとその自分は不安を覚えるまでになっていくのではないか。

キャンパスのノートブックでは、より多くの余計な配慮が、ぜんたいのデザインとなってそこにある。順番に言っていくほかないか。ページの上から10ミリ、右から35ミリの位置に、つまりページの右上に、No. とあり、そのすぐ下に点線が、ページの右端から4ミリのところまで引いてある。その下に、ページ上部から計って20ミリのところにDateとあり、ここに日付を記入しなさい、ということのようだ。

ページ上部から21・5ミリのところに、左右に3ミリずつ残して、左から右まで罫が引いてある。罫線に使ってある線の三倍ほどの太さだ。これほど太いからには、そこにはなんらかの意味が託されているはずだ。ここから上には、No. のところのページ数と、Date のところの日付のほかにはなにも書かないようにしましょう、という意味ではないか。

その線の下に9ミリの幅を取って、おなじ線が引いてある。だからぜんたいは9ミリ幅の余白の帯となる。この余白は、その下に続く罫線の部分から、なかば以上独立している。そのことに託された意味は、ここには題名のようなものを書きましょう、ということではないか。

そしてこの線に重なるようにしてその下には、左端から右端まで、ルーペで見ると7ミリおきに、小さなドットが印刷してある。このドットは、罫線の部分のいちばん下にある、おなじ線の下にもあり、一ページのぜんたいをはさんで上下二列のドットは、どれもおなじ位置で対応している。現物をひと目見れば明らかなことを、言葉だけで説明しようとすると、以上のようなことになる。

上下二列のドットを目印にすれば、たとえば定規を使って線を引くときに便利ですよ、ということだろう。以上のようなデザインが全ページにわたって連続する。ノートブック一冊を使うにあたって、これだけの世話をあらかじめ焼いてもらうのは当然のことだと、潜在的な購買者の多くが思っているのだろうか。

万年筆とインクはすでにきまっている。ノートブックはロディアにきめようか。三種類のインクの、どれとも相性はたいそう良い。ノートブックはクレールフォンテーヌにきめようか、とついさきほど書いた。どちらでもいい。両方でもいい。

両者とも、ページのデザインは、罫のほかにはなにもない。すっきりと罫だけだ。その良さは捨てがたい。あとは自分だけだ。自分だけとは、そのページに自分がなにを書くか、ということだ。

「万年筆のために生まれた紙」というものを日本で見つけた。市販されている。ただし、日本のどこの文具店でも手に入る、というわけにはいかない。僕はインタネット経由で購入した。神戸派計画という組織によるMade In Kobeだから、神戸の大きな文具専門店なら置いてあるだろう。表紙の裏に次のようなコピーがある。全文を引用しておこう。

「万年筆の滑らかな書き味にこだわり、紙表面の凹凸を埋める無機顔料の填料を施しました。紙内部にも填料を混ぜ、インクの吸収を良くし、乾きを早くするとともに、滲み・裏写りを抑えることにも成功しました。落ち着いた白色、しっとりした質感で、紙厚はノートや便箋に適した0・11ミリです。万年筆の最高のパートナーでありたいと願っています」

A5で罫の幅は8ミリで二十三行だ。ページの上下はおなじデザインの、幅13ミリの余白の帯だ。ただし上下の罫はほかの罫にくらべると、ほんの少しだけ太い。その上下の罫には、定規を使って縦に線を引くときのガイドとして、ドットの代わりにごく短い線が印刷してある。罫の印刷色は静かに淡く、これはたいそう好ましい。リスシオ・ワンという名がつけてある。リスシオとは、滑らか、まっすぐ、きっちりしている、といった意味のイタリア語だ。

パイロットのカスタム743と742のどちらもMを使い、パーカーのブルー、ブルーブラック、ウォッシャブル・ブルーの三色、そしてウォーターマンのミステリアス・ブルーとセレニティ・ブルーの二色、合計五とおりのインクで書いてみた。

滑らかだが滑らか過ぎない。インクの吸い込みが適正だ。フィードバックは僕の好みだ。ということは、書くときに僕の好みの書きかたで書けている、ということだ。これは使える、と僕は思った。いっぽうにロディアとクレールフォンテーヌがあるから、これだけを使う、ということはないかもしれないが、買っておくにかぎると判断した結果の二十四冊が、いま僕のところにある。買っておくにかぎる、という判断の次にあるのは、使うにかぎる、という判断とその実行だ。

手に入れやすいノートブックの一例として、無印良品のA5のノートブックを買ってみた。ベージュ色の紙が百枚で6ミリ幅の横罫だ。再生紙だそうだ。二〇一六年の一月で税込み二百十円だ。パイロットのカスタム743のMにカートリッジでパイロットのブルーブラックを入れて書いてみた。いいではないか、という驚きのともなう書きやすさだ。パイロットのコクーンのMにコンヴァーターを使ってパーカーのブルーを試してみた。これもいい。ただし6ミリの罫幅は狭すぎる。書くときには罫は無視するのだが、無視するにあたっては、無視するぞ、という意識を働かせなくてはいけないほどに、罫の色が濃い。使う人に対して、じつはいろんなかたちで負担をかけている。

ベージュの紙にはやや薄いブルーのインクを使えばいい、という発見をしたのはLIFEのノートブックでだった。気高き留意は征した、と僕が冗談で翻訳する英語が、青い表紙に印刷してある、A5に8ミリ幅の罫線が二十三行あるノートブックだ。売っている店は多い。百枚だからツバメの百枚のとおなじような厚さだ。罫の幅が8ミリになると、たとえば6ミリにくらべて、見た目の印象は大きく異なる。6ミリ幅の罫だと、ページぜんたいの印象は、硬さそのものとなる。あらゆることが細かくきまっていて、それらはもはやどう揺るがすことも出来ず、このなかに入ってすべてを処理しなさい、と硬く強制されている気持ちになる。

プラチナに美巧というシリーズがある。これのMにプラチナのカートリッジでブルーを入れ、LIFEのノートブックに書いてみた。やや細いMと淡いベージュ色の紙、そしてインクとの三者の相性の良さは捨てがたい。使いたければ使うほかないのだが、その前に、これをどうすればいいのか、と僕は考えてしまう。どうすればいいのかとは、そのことをどのように理解し、どのように自分のなかに取り込み、どう役立てればいいのか、というようなことだ。このノートブックにはこの万年筆とこのインク、という一覧表への書き込みが、ひとつまたひとつと増えていくのだが、それでいいのだろうか。

パイロットのカスタム742のMにパーカーのブルーを入れて、ツバメとクレールフォンテーヌに書きくらべてみるといい。字の書けかたが、まるで違う。これをどうすればいいのか、とここでも僕はおなじことを思う。万年筆とインクそして紙の、相性一覧表を作ればいいのか。このノートブックにはこのインクでこの万年筆を、というように。

使い分けたくない、という考えかたは、このあたりから立ち上がってくる。万年筆は一種類にしたい、という願望がある。インクもおなじメーカーのもので、せいぜい三種類くらいにとどめたい。紙は、どうなのか。ひとつにきめたいが、ふたつまで、あるいは、限度いっぱいにおまけして、三種類までか。

どこの店でも見かけるのはキャンパスのノートブックだ。どこでも見かけるとは、買う人がそれだけいる、ということなのだろう。多くの人が買うからには、それだけの理由があるのだ、と思いたい。

7ミリ幅の横罫で二十四行四十枚、というA5のノートブックに、パイロットのカスタム743のMでカートリッジのブルーブラックを使って書いてみた。書きやすい、という感触のなかに、紙の表面の平滑性を、僕は感じた。試し書きの段階では問題にならないが、文字をたくさん書いていくとき、書きかたそのものはたいそう自由だからそのぶん余計に、ペンポイントと紙の平滑性の関係のなかに、軽度ではあるにしてもなんらかのグリッチが発生するのではないか、とも僕は思った。

キャンパスのノートブック、と書いただけでは、いちばん外側の印象は伝わるだろうけれど、それ以上にはならない。キャンパスというコクヨの銘柄には、ノートブックやルーズリーフなど、じつに数多くの種類があるからだ。東急ハンズへいくと、コクヨのルーズリーフはひと棚分のスペースのぜんたいにならんでいる。

型番を細かく書きとめておかなかったから、コクヨのルーズリーフとしか書きようはないままに、クロスのブルー、パーカーのブルー、そしてパーカーのブルーブラックの、三とおりのインクで試してみたことについて、簡単に書く。パーカーのブルーがもっとも濃い色に発色した。ブルーブラックは明らかに薄い色となった。薄い、と思うと同時に、不思議な色だ、とも思った。このような色が、いまどこで、誰によって使われるのか、という不思議さだ。クロスのブルーは、パーカーのブルーとブルーブラックとの、中間のような色になった。このクロスのブルーはペリカンによるOEMだろうか。ペリカンの万年筆インクと、ガラス瓶がおなじなのだ。なかのインクは、ペリカンのインクのどれかとおなじなのか、それともクロスだけのものなのか。

おなじコクヨでもキャンパスのノートブックとルーズリーフでは、万年筆で字を書いていくときの感触がまるで異なる。パイロットの742のMにパーカーのブルーブラックを入れて、ノートブックとルーズリーフを試してみた。ルーズリーフでは色が薄くなった。実用になるかどうか、と心配になると同時に、使いたくない、という気持ちも起きてくる。ノートブックでは発色が良く、ペンポイントと紙の表面の接触のしかたは、好ましいものだった。

万年筆そしてそのインクとの相性のない紙は、たくさんあるようだ。そのたくさんの紙のすぐかたわらに、相性のいい紙が、これもたくさんあるはずだ。

マルマンにニーモシネと名づけた、5ミリ方眼で七十枚のノートパッドがある。天を綴じてあって、そのすぐ下にミシン目がある。このミシン目の、切り離しやすさは、これこそMade In Japanなのではないか。切り離したあとの紙のサイズは、148ミリ×210ミリだ。

黒い紙の表紙の次に黄色い紙があり、ここにはニーモシネの特徴がさまざまにうたってある。紙については次のとおりだ。「仕事に創造性をもたらす高品質の本文用紙。ニーモシネの本文用紙はマルマンの国産オリジナル筆記用紙です。書きやすさに重点を置いて国内で設計・製造されており、文字のかすれ・にじみ・裏抜けがほとんどありません。耐久性にも優れ、1枚に切り離してもしっかりとした張りを保ちます。仕事の場に最適な『メイド・イン・ジャパン』です」。この黄色い紙にはもっといろんなことが印刷してある。飛んでいる矢の絵を添えてその下には、一本の罫線をはさんで、SPEEDY STYLEと英語があり、ふたたび罫線があってその下には、次のような文言がある。「情報やアイデアを素早く書きとめる。必要な情報を選び出す作業にも活用できる」

黄色い紙の左側には、簡単なイラストレーションを添えて、次の三つのことがうたわれている。「大切な情報を素早く記録」「専用のノートパッド＆ホルダーにセットすれば持ち運びや、書類・用紙の整理に便利」「堅牢な製本なので、立っていても書ける」。最後の文言に添えてある絵は、左肩にショルダー・バッグをかけたポニー・テイルでパンツ・スーツの若い女性が、このパッドになにごとかを記入しようとしている立ち姿だ。天を綴じている方法は、二本のステイプラー針、そしてそれと併用された糊の、ふたとおりだという。「丈夫な製本なので様々なシーンで活躍」するという。ぜんたいは良く出来ている。個性は感じないが、これこそがいまのメイド・イン・ジャパンであることには、僕も賛成する。

パイロットの７４３と７４２のＭ、そしてパーカーのブルーとブルーブラックのインクが、紙を判定するにあたっての、基準機器のような機能をすでに果たしている。ニーモシネにこの四とおりで書いてみた。優れた実用品だ。自分の書いたメモが、大事な書類の始まりの部分となっていくような、いつもとは少しだけ違った様子は、僕にとっては珍しいものだった。ニーモシネという名称は、記憶にかかわる方法、といった意味の造語ではないか。

アピカという会社によるCDノートブックというものを東急ハンズで買ってみた。A5の九十六枚で横罫だ。いろんな紙を次々に試しながらも、これを続けているときりがないかな、とも思い始めた頃だ。パイロットのカクノというシリーズのMのペンポイントに、カートリッジでブルーブラックを入れて、短編小説のためのメモを書いてみた。一編のためにちょうど一冊を使いきった。

ペンポイントと紙の相性はたいそう良いものだった。カクノは、僕にとっては、メモ用の大きな字を自由に書くのに適している。ペンポイントの形状と紙の表面処理のしかたとの相性が良いからだ。表面の滑性度の高い紙に、カクノのMはよく合うようだ。表面の平滑性が高い紙ほどペンポイントの滑りが良い、とは限らないが、表面の滑性度の高さが紙の硬さでもあるような紙を、カクノのMは得意にしているように僕は感じる。

パイロットのカスタム742のMが、赤軸で三本ある。見ただけでは、どれがどれだか、見分けがつかない。この三本に、プラチナ、セーラー、パイロットの、それぞれブルーブラックのインクを入れた。三種類のインクが、見分けのつかないまったくおなじ三本の万年筆に入っているのだから、それを使うにあたってはそのつど問題が起きる。いま手に取った一本にどのインクが入っているのかわからない、という問題だ。

この三本に加えて、おなじ742のMが、黒軸と赤軸とで一本ずつあり、これには黒軸がパーカーのブルー、そして赤軸にはパーカーのブルーブラックが、それぞれ入っている。この二本をさきの三本といっしょにすると、ますます見分けはつかなくなる。シェーファーのブルーブラックが捨てがたいので、それを入れるために742のMをもう一本だけ買おうか、と思っている。赤軸あるいは黒軸、どちらでもいい。合計で六本になり、見分けのつかなさはもうこれで完璧だ。

パーカーのウォッシャブル・ブルーをどうするか。あんなに大騒ぎして、瓶入りを九つも手にいれたではないか。年数が経過しているものは、色がすっかり変わってしまっていることは、使ってみればすぐにわかる。パーカーのブルーに近い色、あるいはそれを越えたブルーになっている。ウォッシャブル・ブルーの本来の色は、淡いブルーなのだ。その淡さが魅力なのだが、いまの自分にとっては使い道がないかな、とも思う。

カスタム７４３のＭが二本あり、これの赤軸にはウォーターマンのセレニティ・ブルーが入れてあり、黒軸にはおなじくウォーターマンのミステリアス・ブルーが入れてある。どちらがどちらだったか、判然としなくなりつつある。しかもペン軸の吸引器のなかで、どちらのインクも変色しつつあり、その結果として色は似かよったものになりつつある途中だ。

７４３の二本に７４２の五本を加えると、それぞれ違うインクの入った万年筆が七本、常にデスクの片隅にならぶことになる。実用の限界は越えている、と僕は思う。実用の限界内にとどめるなら二本だ。パーカーのブルーとブルーブラックを７４２のＭで一本ずつ、というように。そしてこの二本はすでに実現しているし、僕にとっての実用がこの二本をめぐって展開されることには、もはや変化はないと思う。

違うインクを試してみたい、という願望は変わることなく続いている。ああ、こうなのか、なるほど、これなのか、と違うインクを試すごとに、思いたい。実用にしているインクとの差異は、当然のこととして感じるだろう。その差異を、どうしたいわけでもない。なるほど、と思えればそれでいい。

７４２のＭをさらに一本だけ用意し、それは違うインクを試すことの専用にすればいいのではないか、と僕は思うにいたった。だから742のMをさらに一本だけ手に入れて、ラミーの明るいほうのブルーを入れて、小説のために書いている途中のメモの、続きを書いてみた。

色に関しては、明るいきれいなブルーだ、としか言いようはない。インクフローがじつに軽くて滑らかだ。インクフローとは、軸のなかにあるインクがペン先へと流れ出ていくこと、そしてそのインクがペンポイントから紙の上へと移っていくこと、さらには、そのペンポイントに適量のインクが供給され続けることなどを、ひとつにひっくるめた言いかただ。

インクフローがこれほどに軽いとは。書いていてインクの流れかたのなかにある軽さを感じることが出来たほどだ。インクフローの軽さに対する要求が、万年筆のインクを使う人たちから、無視出来ないほどにあるのではないか。その要求に応えた結果が、この軽さなのか。

ラミーの明るいほうのブルーを入れてみるための742を買いにいったとき、かたわらの棚をふと見ると、ラミーのじつにきれいな紫色のインクが、おなじパッケージで展示してあるではないか。限定色のライラックだという。おなじ軸色のサファリも展示してあったから、ラミーのインクはサファリで試せばいいのではないか、サファリのMならすでに何本か持っていることだし、というような考えが、僕の頭のなかを走り抜けていくのだった。

ノートブックはひとつにきめなくてもいいのではないか、といまの僕は思い始めている。さまざまなノートブックを試してきた経験からふと生まれる、現実的な知恵のようなものだ、と言えばいいか。選んだ万年筆とインクにとって、相性のいいノートブックは何種類もある。どれをも、使えばいいではないか。ロディアとクレールフォンテーヌ、それにリスシオ・ワンやツバメ。など、ひとつにきめる必要はない。短編ごとに違う紙を使えば楽しいのではないか。

二十年も前に思いついたことがまだ実現出来ていない。二十年以上にわたって、こんなことすら実現出来なかったのか、と僕は驚く。そのついでに、それほどまでに僕は多忙だったのか、などと思う。

思いついたことの内容はごく単純なものだ。平日のある日、新幹線に乗って京都へいき、お昼過ぎから夕方にかけて、半径五百メートルほどのなかで三軒の喫茶店をはしごしながら、短編小説のためのアウトラインを少なくとも二編は、ノートブックのなかに完成させて帰って来る、ということだ。

二十年前の思いつきだから、そろそろ実行させる時期だと思い、そうすることにきめた。夏のひときわ暑い時期がいいと思っていたのだが、たとえば京都の八月はひと月じゅう祭りで人が多く、しかもその暑さは尋常ではないから夏は避けたほうがいい、と京都の人が助言してくれた。

すでに十数年前のことになるだろうか、七月の確か十七日に、僕はなぜだか京都にいた。前祭《さきまつ》りの最後の日で、二十基を越える山鉾《やまぼこ》が巡行する、ということだった。晴天の夏の午後が夕方へと暮れていくにつれて、四条通りには人が増え始めた。何人かの人たちと菊水の五階屋上にいて、鴨川の川風はこの高さで受けとめるときもっとも心地好いことを、平安京の人たちは知っていたのだろうか、などと笑いながら四条通りへ降りて来ると、八坂神社から四条烏丸のさらに西まで、人でびっしりと埋まっている光景を目の前に見て、驚愕した。立錐の余地もない、という言いかたがなんの無理もなく当てはまる光景だった。

驚き、そしてうろたえているあいだにも、人の数は増えていった。菊水のビアガーデンにいっしょにいた人たちと別れてひとりになった僕は、目に見えて増えていく人のなかを、人の波にかかえられたかのように四条大橋を渡り高瀬川を越え、あろうことか、四条河原町の交差点に向けて、祇園祭りという人波あるいは海を、ただひとり泳ぎ始めた。

人のなかに埋まった状態だから、行きたい方向へ進むことなど、とうてい無理だった。大丸の前あたりに停まっていた、それが最大のものだと人が教えてくれた鉾までいってみようと思っていたのだが、現実の僕は交差点を南に向けて動いていき、四条通りの南側にいったん押しつけられたあと、人で埋まっている四条大通りのまんなかまで、引き戻された。

髙島屋の前で人波に完全に飲み込まれた状態となった僕は、あるときはあちらへまたあるときはこちらへと、ただ動くだけだった。なかばパニックを起こしつつ、四条通りの南側に向けて、無我夢中で抜き手を切った。周囲はすべて人の波なのだ。だからそこにほうり込まれている僕としては、泳ぐほかなかった。自分の両側に強く接している人たちをかき分け、最後は水中にもぐって人々の脚のあいだを縫い、南側の歩道に上がり、建物に押しつけられた状態で、少しずつ西へ進んでいった。

そして忘れもしない藤井大丸の脇を、その角にへばりつくようにして、寺町通りを下がった。そのまま信号まで歩いて、僕は気づいた。あるいは、正気に戻った、という言いかたをしてもいい。僕が歩いていく寺町通りに人はひとりもいないのだ。振り返ると人で埋まった四条通りが、寺町通りの入口の幅だけ切り取られて、見えていた。

反対側の、寺町通りの南側を、僕は見た。夏の夜が京都の家なみとして続いているだけで、どこにも人の姿はなく、静かだった。呆然とそこに立ちつくした僕は、四条通りを埋めた人々の声や物音が、壁のようにつらなっているのを、一瞬にして存分に遠のいた世界として、受けとめた。ふたとおりの世界の境界線上に、そのときの僕はいた。

四条通りから南へ一本だけ入った綾小路通りを僕は西へ歩いていった。最大の山鉾を中心に四条烏丸の西から八坂神社まで、人で埋めつくされている四条と並行して歩いている自分には、京都の夏の夜があるだけだった。歩いていく一歩ごとに、京都の夏の夜は僕の全身にしみ込んでいった。

御幸町通り、麩屋町通り、富小路通り、柳馬場通り、と越えていき、東洞院通りをへて烏丸通りへ出た。そこに人はかなりいたが、そのなかに飲み込まれたまま歩けない、というような状態ではなかった。だから僕は烏丸通りを越え、さらに西に向けてまっすぐに歩いた。

前方の夜のなかに信号の色を見て、僕はふたたび気づいた。このまま歩いていき、西洞院通りを上がれば、今夜の部屋が予約してあるホテルの建物が建っているはずだ、ということを僕は思い出した。すっかり忘れていた。歩いて来た夜を僕は振り返った。すでに歩いた道が、夜にひたされて静かに横たわっていた。

三軒の喫茶店をはしごして歩き、短編小説のアウトラインを少なくともふたつは、ノートブックのなかにメモ書きで完成させる半日を、真夏の暑い京都で実行したいと僕が思ったのは、十数年前の前祭り最後の夜に体験した京都の夜が忘れ難かったからだ。その夏は、しかし、京都に住む知人の助言にしたがって、避けることにした。祭りの夏は避けるけれど、夏の感触はまだ充分に残る九月の初めに、黒いナイロンのインナー・バッグひとつを持って、僕は新横浜から新幹線に乗ることにした。

ノートブックPCを入れて持ち運ぶための鞄で、さらに大きな鞄のなかに入れるから、インナー・バッグと呼ばれている。A4サイズのファイルが横向きにちょうど入る。まちは三センチという薄さだが、入れようと思うなら物は思いのほかたくさん入る。本体の両側から出ている持ち手は、本体からもっとも遠い部分の距離が七センチで、これは僕の好みだ。なんの変哲もない、黒いナイロンのインナー・バッグだ。

なかにはノートブックが三冊入っている。ロディアとクレールフォンテーヌ、そしてツバメだ。万年筆も三本入っている。パイロットの742のMだ。インクはパーカーのブルーブラックにブルー、そしてウォッシャブル・ブルーの三種類だ。

半径がせいぜい五百メートルほどの範囲のなかで、三軒の喫茶店をはしごしたい、と考えている。その三軒の喫茶店をきめた。四条河原町の交差点を中心にすると、半径五百メートルの範囲内になんの無理もなく収まる。築地。フランソアア。ソワレ。この三軒だ。秋が深まりつつあるけれど紅葉にはまだ、という季節にもおなじ目的で京都へいくだろう。そのときにはしごする喫茶店もついでにきめた。三条と河原町通り交差点を中心にして、六曜社地下店、吉田屋珈琲店、そして小川珈琲京都三条店の三軒だ。

築地。フランソア。ソワレ。この三軒をはしごして、短編小説二編のアウトラインのメモを、ノートブックに万年筆で書く。大きくて自由な字で。

ひとり喫茶店のテーブルに向かってコーヒーを前に、ノートブックに短編のアウトラインを万年筆で書くとは、自分が常に誰かと対話し、そのなかから新たな展開のためのアイディアを、次々に引き出していくことだ。どんなにひとりになっても、自分が消えることはおそらくない。ではその自分は残しておき、誰かと対話させればいい。対話の相手はおなじひとりの人でもいい。いろんな人に入れ代わってもいい。とにかく対話をしなくてはいけない。それまではなかったアイディアが、対話のなかから生まれてくる。それが物語にとっての、新たな展開となる。だからそれを僕はメモとしてノートブックに書く。

この三軒をどの順番ではしごするか、重要な問題だ。いま楽しみながら考えているところだ。とは言っても、アイディアのまったくないゼロの状態で新幹線に乗ることは避けたい、と僕は思う。少なくとも二編の題名くらいは頭のなかにある状態が望ましい。

ふたつとも題名はすでにある。ひとつは『ピーばかり食うな』という題名で、もうひとつは『ラプソディック担担面』という題名だ。面は麵と書かれる場合が多いかと思うが、正しくは面という字を用いるそうだ。

『ピーばかり食うな』の「ピー」とは、柿ピーの袋のなかのピーナツのことだ。

そして柿ピーの袋とは、柿の種と呼ばれている小さな煎餅とピーナツとが、およそ半々に入っている袋のことだ。

僕が好んでいて、したがってときどき買う柿ピーを売っている食料品の店が、自宅のすぐ近くにある。そこで買った柿ピー数袋のうちのひとつを、友人に進呈した。彼はそれを自宅で奥さんと食べた。奥さんがピーナツばかり食べていることに気づいた彼は、「ピーばかり食うな」と、奥さんに言った。そしてそのことを、後日、彼は僕に語った。

そのとき初めて、「ピーばかり食うな」というフレーズを人からの音声として聞いた。聞いた瞬間、これは短編の題名になる、と僕は確信した。ピーばかり食うな。いいフレーズだ。僕ひとりでは、まず一生かかっても、思いつくことはない。そこが素晴らしい。柿ピーをどこかで作ってる人、そしてその柿ピーを店で売ってる人を、いま仮にそれぞれひとりとしてとらえると、この二人に加えて、彼、彼の奥さん、そしてこの僕と、早くも五人の人たちが関係した結果として、あるとき偶然に、しかしそうなる必然のもとに、このフレーズは生まれた。

謎はひとつ残る。このフレーズを聞いた瞬間、これは短編小説の題名になる、と僕が確信した理由ないしは根拠は、どのあたりにどうあったのか、という謎だ。

いったいなぜ、これは短編小説の題名になる、などと思えるのか。この謎には、いまこの段階では、当の僕自身にも、答えることは出来ない。このフレーズを題名にしてほんとに短編小説をひとつ書き、それが小説雑誌に掲載されるようなことになれば、この謎は半分くらいまでは解けるのだろうか、と僕は思っている。

もうひとつの題名である『ラプソディック担担面』は、『アンソロジー 餃子』(パルコ出版 二〇一六年)という本の題名を見たとたん、反射的に僕の頭に浮かんだフレーズだ。『アンソロジー 餃子』とは、なんらかのかたちあるいは内容で餃子が登場する、何人かの書き手による文章を集めて一冊にしたもので、何人かの書き手のうちのひとりはこの僕だ。出来上がったその本が一冊、ある日のこと、僕に送られてきた。

『アンソロジー 餃子』という題名はきわめて端的なものだ。その題名を見た瞬間、『ラプソディック担担面』というフレーズが閃いた。これを題名にして自分は短編小説をかならずや書く、と僕は思った。最初は『ラプソディ担担面』だったのだが、ラプソディックのほうがいいという判断により、『ラプソディック担担面』となった。素晴らしいフレーズだと僕は思っている。ラプソディと担担面という、おたがいにとんでもなく異なったふたつのものが、なんの無理もなくつながって、ひとつのフレーズを作っているではないか。

以上のような事情のもとに、九月初めのある日、黒いナイロンのインナー・バッグを片手に、僕は新横浜から新幹線に乗る。京都駅からタクシーで四条河原町の交差点へいき、さて、築地、フランソア、そしてソワレのはしごだが、どの順番がいいいか。

三軒をはしごして二編の短編小説のアウトラインをノートブックのなかにメモ書きで完成させた僕は、さらにもう一軒、喫茶店へいく。夕方の京都の、どこかの小路を足早に歩き、半径五百メートルほどのなかの、どれかの喫茶店に入るのだが、近くにあるならどこでもいい、というわけにはいかない。なぜならその喫茶店は早めの夕食の場でもあり、食べるものはすでにきめてあるからだ。

ビーフカツ・サンドあるいはカツカレーだ。このどちらかにポテト・サラダを加えることが出来れば上出来だが、これだけはメニューにまかせるほかない。カツカレーあるいはビーフカツ・サンドを喫茶店で食べてコーヒーで仕上げをした僕は、四条まで歩いてタクシーに乗る。京都駅でそのタクシーを降りる。しばしの別れだ京都タワー。駅に入る。目の前に新幹線の切符売り場がある。

あとがき

『ピーばかり食うな』は二〇一六年の九月に書いた。京都で喫茶店をはしごしながら、ノートブックに万年筆でメモを書く作業は快適だった。京都にいるあいだにぜんたいのメモを完成させ、ついでに『ラプソディック担担面』のストーリーも考えた。こちらはメモではなく、見取り図のようなものを、ノートブックに何ページにもわたって書き、それをひとつの展開にまとめた。うまくいったと思っている。次の段階の作業としては、いつものようなメモを書いていきながら、論理の整合を確かめていく、という作業だ。メモの枚数は百枚くらいにはなるだろうか。A5のサイズのノートブックで、左から三センチほどのところに、そこはかとない赤い色でマージン・ラインを引き、万年筆による大きくて自由な字で、一行おきに書いていく。律儀な一行おきではなく、目安としての一行おきだ。『ピーばかり食うな』は『文藝』という雑誌の二〇一六年の冬号に掲載されている。

ノートブックに関しては、さらなる新たな発見があった。発見があった、と言うよりも、いまようやく気づいた、と言ったほうが正確か。ノートブックは左右に開く。開いて見開き二ページにしたものを喫茶店のテーブルに置き、右ページだけに、一行おきに書いていく。一ページが文字で埋まったなら、そのページを左へ開く。新たなページが右側にあらわれる。ごく当然のことだ。こうなるほかないからこうなる、という性質のものだ。そしてこれが、僕にとっては、あまり良くない、というものであるらしいことを、『ピーばかり食うな』のメモ書きをしていく途中で、なんとなく気づいた。

文字で埋まった右ページを、左へ開いて閉じるよりも、文字で埋まった右ページは、そのまま上へと開き、表紙を含めてすでにそこにある数ページに加えるといい、と僕は思い始めた。いい、とは、そうしたほうがこの僕にとってはストレスがより少なく、したがってメモを書いていく作業に支障はもたらされずにすむ、というような意味だ。そうか、そうだったか、と僕は自分を振り返って思う。ノートブックの、僕にとっては常に左側で綴じられた様子、そして綴じられたままに、書くにしたがって一ページ、また一ページと、左へと開いていってはそこで閉じる手順のぜんたいに関して、子供の頃から、体の感覚のどこかで、抵抗のようなものを僕はずっと感じ続けて来た。メモを万年筆で書いていく、という具体的な作業をする場所として、左側で綴じてあるノートブックを自分は好いていない、という事実をついに確認することが出来た。これからそのページが文字で埋められていくという予測、そしてその予測にともなって発生する、その文字の群れのなかから新たな価値が生まれて来る可能性などを、僕は新品のノートブックに対して、いつも感じて来た。それはそれでたいそう結構なことなのだが、実際に自分で使うとなると、ノートブックは左側で綴じられているという事実が、最初の一ページの第一行を書きはじめたとたん、その行のどこかに、これは自分にとっては好ましくはない状況だ、という思いがごく小さく、ふと顔を出す。書くにつれて、その顔は大きくなっていく。その顔には目がある。目は僕をまっすぐに見ている。なにをそんなに見てるんだ、と僕が言うと、その目は答える。きみはノートブックに書いていくのが好きではないんだよ、と。

そのとおりだ。新品のノートブックがたたえている可能性には大いに共感するけれど、自分で文字を書いていくスペースとして、僕はノートブックを好いていない。その理由を僕は考えた。書き終えて左へと開いたページが、いつまでもそこにあるのが、いけない。ということは、書いたページは上に向けて開くと同時に、本体から切り離すのが僕の好みだ、ということがわかった。

天糊と呼ばれている製本方式だと、ごく当然のこととして、これがじつにたやすく可能になる。これまで試してきたさまざまな紙のなかでは、ロディアのブロックがこれに当たる。製本は天糊ではなく、二本のステイプラー針で表紙ごと綴じたのち、そのすぐ下に、切り取り用のミシン目がある。快適に切り取ることが出来る。こうして僕は、いまようやく、ロディアのブロックの人になるのだろうか。

クレールフォンテーヌに天を二重になった針金で綴じたワイア・バウンドのノートがあり、これの買い置きが三十冊ほどあった。本体の大きさは100ミリに170ミリだから、不足はまったくない。これも使うことにしよう。天糊という製本は便箋に使われるのではないか、と閃きを得た僕は、文具店の売り場へいってみた。便箋や封筒の売り場は、レター用品売り場、と呼ばれていた。レターという言葉を日常的に使う人がいるだろうか。たまにはレターを頂戴ね、などと友達に言う人がいるかどうか。しかしレター用品売り場では、手紙はすべてレターなのだ。

A5にごく薄く二十行で百枚の便箋が天糊となっているものを、僕は見つけた。

紙は僕の万年筆のペンポイントとインクに相性が良さそうだ。これも使ってみよう。ひょっとしたらこれが最適かもしれない、という予感だってあることだし。

二〇一六年十月　片岡義男

片岡義男

かたおか・よしお

1939年東京生まれ。文筆家。大学在学中よりライターとして
「マンハント」「ミステリマガジン」などの雑誌で活躍。
74年「白い波の荒野へ」で小説家としてデビュー。
翌年には「スローなブギにしてくれ」で第2回野性時代新人文学賞受賞。
小説、評論、エッセイ、翻訳などの執筆活動のほかに写真家としても活躍している。
著書に『10セントの意識革命』『彼のオートバイ、彼女の島』『メイン・テーマ』
『日本語の外へ』『言葉を生きる』ほか多数。
近著に『豆大福と珈琲』(朝日新聞出版)、『ジャックはここで飲んでいる』(文藝春秋)、
『と、彼女は言った』(講談社)、『コーヒーにドーナツ盤、黒いニットのタイ。』(光文社)
などがある。

万年筆《まんねんひつ》インク紙《かみ》

2016年11月20日　初版

著　者　片岡義男
発行者　株式会社晶文社
〒101-0051 東京都千代田区神田神保町1-11
電　話　03-3518-4940(代表)・4942(編集)
URL　http://www.shobunsha.co.jp
印刷・製本　中央精版印刷株式会社
装　丁　寄藤文平+鈴木千佳子

© Yoshio KATAOKA 2016

ISBN978-4-7949-6939-2　Printed in Japan

JCOPY 〈(社)出版者著作権管理機構 委託出版物〉
本書の無断複写は著作権法上での例外を除き禁じられています。
複写される場合は、そのつど事前に、(社)出版者著作権管理機構
(TEL:03-3513-6969 FAX:03-3513-6979 e-mail: info@jcopy.or.jp) の許諾を得てください。
〈検印廃止〉落丁・乱丁本はお取替えいたします。

好評発売中

⁂ 10セントの意識革命　片岡義男

ぼくのアメリカは、10セントのコミック・ブックだった。そして、ロックンロール、ハードボイルド小説、カウボーイ小説。50年代アメリカに渦まいた、ワクワクする夢と共に育った著者が、体験としてのアメリカを描いた評論集。私たちの意識革命の源泉を探りあてる。

⁂ ロンサム・カウボーイ　片岡義男

夢みたいなカウボーイなんて、もうどこにもいない。でも、自分ひとりの心と体で、新しい伝説をつくりだす男たちが消えてしまったわけではない。長距離トラック運転手、巡業歌手、サーカス芸人、ハスラーなど、現代アメリカに生きる〈カウボーイ〉たちの日々を描きだした連作小説。

⁂ 町からはじめて、旅へ　片岡義男

ぼくの本の読みかた、映画の見かた、食べかた、そしてアタマとカラダをとりもどすための旅――アメリカ西海岸へ、日本の田舎へ、そしてハワイへ。椰子の根もとに腰をおろし、幻の大海原を旅しよう。魅力あふれるライフスタイルを追求する片岡義男の初期エッセイ集。

⁂ 絵本 ジョン・レノンセンス　ジョン・レノン　片岡義男・加藤直訳

音楽を変えた男ジョン・レノンがことばの世界をも一変させた！ 暴力的なまでのことばあそびがつぎつぎと生みだした詩、散文、ショート・ショート。加えて、余白せましとちりばめられた、奔放自在な自筆イラスト。ナンセンス詩人レノンが贈る、世にも愉しい新型絵本。

⁂ きょうかたる きのうのこと　平野甲賀

京城（現ソウル）で生まれ、東京、そして小豆島へ。自由自在に活動の場を模索してきた。文字や装丁のこと、舞台美術やポスターのこと。劇場プロデュースや展覧会のこと。友人や家族のこと……。半世紀にわたり、表情豊かに本を彩ってきた装丁家の愉快なひとり語り。

⁂ ボクと先輩　平野太呂

隙だらけのままで、先輩たちの前に行き、帰りにはその隙が埋まっていればいいと思った――。気鋭の写真家が古いカメラを相棒に憧れの先輩に会いにいった。デザイナー、音楽家、写真家、建築家、俳優、恩師……。180葉の写真と、ほがらかな文章でつづるフォトエッセイ。